AF170940

RUDEL LIEBE

Über die Autorin

Jessica Klauß wurde 1975 in Göttingen geboren und lebt heute mit ihrem Ehemann und ihren beiden Rhodesian Ridgebacks an der Nordsee. Im Herzen von St. Peter-Ording betreibt das Ehepaar das »Treibsel«, ein Geschäft für Uhren, Schmuck und Accessoires.
Die Leidenschaft für Hunde und die Neugier am Schreiben waren der Grundstein für ihren ersten Roman »Rudelliebe«. Dieser ist für sie eine Herzensangelegenheit und basiert auf einer wahren Begebenheit.

Jessica Klauß

Für Schröder,
einen ganz besonderen Hund

TWENTYSIX – Der Self-Publishing-Verlag
Eine Kooperation zwischen der Verlagsgruppe Random House und
Books on Demand

© 2015 Jessica Klauß, Gartenweg 6, 25826 St. Peter-Ording

Herstellung und Verlag: BoD – Books on Demand, Norderstedt
ISBN: 9783740709860

Cover: Nils Baumann, www.nilsbaumann.de

Lektorat & Textredaktion: Susanne Jauss, www.jauss-lektorat.de

Alle Rechte, einschließlich die des auszugsweisen Nachdrucks in jeglicher Form und der Übersetzung, sind vorbehalten. Das Werk darf auch auszugsweise nur mit Genehmigung der Autorin wiedergegeben werden.

Die Handlungen und Figuren in diesem Roman sind frei erfunden. Ähnlichkeiten oder Namensgleichheiten mit lebenden oder bereits verstorbenen Personen sind rein zufällig und nicht beabsichtigt.

Prolog

»Liiiiiiiiiiiilianaaaaa«, hörte ich meine Mutter brüllen, und das verriet nichts Gutes. Im Gegenteil, sie klang richtig sauer, der absolute Horror. Meinen ganzen Vornamen sprach sie nur aus, wenn es richtig brannte. Was hatte ich denn jetzt schon wieder angestellt – oder sagen wir mal, was hatte sie nun wieder rausgekriegt?

Ein Teenager baut ja immer mal Mist, aber ich war mir aktuell keiner Schuld bewusst, wirklich nicht.

»Dein Köter hat mehrfach ins Wohnzimmer gekackt und die ganzen Haufen unter den Läufer gebuddelt. Gerade habe ich ihn dabei erwischt!«, drang nun wieder ihre penetrante Stimme an mein Ohr.

Sie meinte Flecki, unseren kleinen schwarz-weiß gefleckten Terriermischling. Der war ein absoluter Pfiffikus, ein Stresser, Wirbelwind, Knuddelpaket und Schlaumeier in einem.

Ich rannte natürlich sofort ins Wohnzimmer, von wo das Gebrüll gekommen war. Als ich durch die Tür trat, begutachtete meine Mutter gerade den Schaden, während der Übeltäter sich unter den Esstisch verzogen hatte und sein kleines Köpfchen unter seinen Pfoten versteckte. So ganz nach dem Motto: Wenn ich die nicht sehe, sehen die mich auch nicht. Na ja, ganz so schlau war er vielleicht dann doch nicht.

Meine Mutter deutete auf den Läufer, dessen Ende sich verdächtig nach oben wölbte. Ich guckte erst sie an, dann Flecki, der immer noch seinen Kopf unter den Pfoten versteckt hielt. Nun aber schauten seine dunklen Augen ganz zaghaft zu uns hoch, und sein Blick huschte zwischen meiner Mutter und mir hin und her.

Immerhin konnte ich in diesen paar Sekunden feststellen, dass unser Hund – *meiner* war er natürlich nur, wenn er unangenehm auffiel – wirklich seine Kacke unter den Teppich gekehrt hatte. Mittlerweile hatte der Haufen nämlich eine solche Höhe angenommen, dass die Beule selbst unter dem potthässlichen selbstgeknüpften Teppich meiner Mutter nicht mehr zu übersehen war.

Die Krönung aber war, dass Flecki die Reaktion meiner Mutter genau richtig einzuschätzen schien. Wahrscheinlich merkte er jetzt, dass das Ganze keine gute Idee war, und betete nun dort unter dem Tisch, dem Ärger meiner Mutter entkommen zu können. Wow, er war doch schlau.

Meine Mutter und ich sahen uns an, und auf einmal brachen wir in schallendes Gelächter aus. Dieser Hund war einfach der Knaller.

Eigentlich hätte er sein Geschäft ja ohne Weiteres draußen erledigen können. Wir hatten ihm eigens dafür eine Katzenklappe gebaut, die hinaus in den Garten führte. So konnte er raus und rein, wann immer er wollte. Das machte er dann auch – meistens zumindest. Es konnte schon mal vorkommen, dass er den Komposthaufen zu Hilfe nahm, über den Zaun sprang und mit wildfremden Menschen spazieren ging. Die brachten ihn dann aber immer wieder nach Hause zurück.

Leider nutzte unser kleines Wollknäuel diese Sprungschanze auch einmal an einem kalten Wintertag und spielte mit dem Tankwart, der nebenan den Öltank befüllte. Flecki wollte wohl nicht wahrhaben, dass der Tankwagen danach wieder davonfuhr, sprang an der Fahrertür hoch, rutschte auf dem Glatteis weg und brach sich das Rückgrat. Der kleine Kerl war sofort tot und ich am Boden zerstört. Flecki war bis dahin die Liebe meines Lebens gewesen. Es war meine erste Erfahrung mit dem Abschiednehmen, und ich konnte mir nicht vorstellen, jemals wieder einen Hund so lieben zu können.

Nach Flecki adoptierten meine Eltern noch einen Hund, einen großen Berner Sennenhund. Unsere Elli war ein Mädchen und das genaue Gegenteil von dem kleinen Flecki. Sie mochte es kühl und wollte im Gegensatz zu Flecki nie mit in mein Bett, was ich total doof fand. Elli war in ihrem Wesen einfach zu perfekt: lieb, geduldig, wachsam, unterwürfig und gehorsam. Meine Eltern machte sie natürlich sehr glücklich, doch für meinen Bruder Ben und mich war Elli eine Streberin, kein verrückter Freak wie Flecki. Das Verhältnis zwischen uns änderte sich jedoch schlagartig an dem Tag, als Elli sich den Sonntagsrollbraten, den unsere Mutter für das große Familienessen in der Speisekammer deponiert hatte, geschnappt und komplett plattgemacht hat. Respekt. Mein Vater ist so was von ausgeflippt, hat sie angeschrien, in den Hintern getreten und ausgesperrt.

Von diesem Tag an fühlte ich mich mit Elli verbunden – sie war ab sofort eine von uns! Frech, rebellisch und nicht mehr der Liebling von allen! Ich habe Elli in mein Zimmer geholt, sie ist sofort mit in mein Bett gehüpft und unter die Decke gekrochen. Seitdem waren wir die dicksten Freunde. Ärger mit den Eltern verbindet eben.

Elli starb im Alter von acht Jahren an einer zu spät erkannten Gebärmutterentzündung, was mir zum zweiten Mal in meinem Leben das Herz brach. Und so wollte ich niemals mehr nur daran denken, noch einen Hund zu verlieren. Doch das hieß schlussendlich, dass ich mir selbst wohl niemals einen anschaffen sollte.

Kapitel 1

»Ich bin wieder da«, höre ich meinen Freund Oliver rufen. Es ist Sonntagnachmittag, ich liege gerade in der Badewanne und freue mich über seine Stimme. Allein zu sein, ist mal ganz schön, aber nach ein, zwei Tagen reicht es mir dann doch.

Oliver hat das Wochenende in Hamburg verbracht. Bayern München war zu Gast beim HSV, und der Junggesellenabschied eines alten Schulfreundes stand auf dem Programm. Und wo kann man den besser feiern als auf dem Kiez? Wir haben zwar Dezember, eigentlich nicht die schönste Zeit zum Heiraten. Doch die Braut ist wohl im dritten Monat schwanger und will, bevor sie das Kleid zum Platzen bringt, im Januar noch Ja sagen. Gut, das verstehe ich, obwohl ich von diesem »Oh, schwanger, schnell noch heiraten-Ding« nicht so viel halte und es auch ziemlich unromantisch finde. Wäre doch auch ganz süß, wenn das Kind später Blumen streut. Aber das ist nur meine persönliche Meinung. Oliver konnte jedenfalls mal wieder in seine Heimat, und ich hatte sturmfreie Bude.

»Ich bin in der Wanne, du kannst gerne dazustoßen«, rufe ich nicht ohne Hintergedanken.

Oliver kommt ins Bad und sieht ehrlich gesagt völlig beschissen aus.

»Du hattest wohl eine lange Nacht«, stelle ich fest. Klar, ein Junggesellenabschied in Hamburg, dann auf den Fischmarkt und danach mit der Bahn wieder vier Stunden zurück nach Göttingen ist natürlich anstrengend. Besonders wenn man über dreißig ist, Alkohol und solche »Wir machen durch bis morgen früh-Exzesse« nicht mehr gewohnt ist.

»Hallo«, sagt er noch einmal etwas kleinlaut, und ich merke sofort, dass irgendwas mit ihm nicht stimmt. Aber was? Ist er einfach nur müde – oder vielleicht unsicher? Er guckt auf den Boden und meint: »Ich warte, bis du fertig bist. Ich muss dringend in die Wanne.«

Da er aussieht, als gehörte er ganz schnell ins Bett, antworte ich: »Du kannst gerne hinein, ich bin fertig.«

So tauschen wir ein paar Sätze aus, die sich aber irgendwie total seltsam anfühlen, und schließlich steige ich aus der Badewanne.

Oliver zieht sich aus, setzt sich rein und taucht direkt ab. Er geht immer nur nach mir baden. Ich bade sehr heiß, und Oliver würde Brandblasen und ich Gefrierbrand kriegen, wenn wir zusammen baden. Erst nachdem ich mir die Haare ausgespült habe, wofür ich logischerweise kühleres Wasser nehme, hat das Badewasser eine Temperatur, bei der er ohne Schreikrämpfe einsteigen kann. Er meint, ich sei ein Teufel und würde direkt in die Hölle kommen, wenn es mal so weit ist. Dort würde ich mich von der Temperatur her sicher am wohlsten fühlen. Jedenfalls habe ich es immer auf die Temperatur bezogen, aber vielleicht war das auch nur ein Wortspiel. Oje, darüber sollte ich mal nachdenken.

Ich ziehe mir einen Bademantel an, hole mir einen Kaffee und setze mich damit auf den geschlossenen Klodeckel. Natürlich will ich wissen, wie der Junggesellenabschied seines Kumpels Heiko, von dem ich seltsamerweise noch nie etwas gehört habe, abgelaufen ist, und hoffe auf lustige Storys. Ob wohl der zukünftige Bräutigam peinliche Sachen machen musste, die die anderen mit dem Smartphone aufgenommen haben?

Wenn ich gehofft habe, dass Oliver so euphorisch auf meine Nachfrage reagiert, dass ich gar nicht weiß, wie ich die ganzen Informationen verarbeiten soll, habe ich mich wohl geirrt. Denn es kommt rein gar nichts von ihm. Vielleicht haben die sich ja so einen Männer-Ehrenkodex gegeben. So nach dem Motto: Was in Hamburg passiert ist, bleibt auch in Hamburg.

»Lilly«, sagt er nur, »sei mir nicht böse, ich wäre gern mal kurz für mich allein. Der Abend war nett, aber ich bin kaputt.«

Also wenn das mal keine ausführliche Beschreibung ist. *Lilly* nennt er mich auch nicht oft. Wann wurde aus *Schatz* denn *Lilly*? Mann, ich kriege wohl gar nichts mehr mit. Warum nicht gleich *Liliana*?

Gut, denke ich, er ist zwar scheiße drauf, aber vielleicht ist ihm schlecht, und er will gleich mal über die Schüssel. Seine Gesichtsfarbe lässt jedenfalls darauf schließen.

Nach etwa einer Stunde kommt er aus dem Bad und macht sich einen Kaffee.

»Wolltest du nicht ins Bett?«, frage ich erstaunt. Ein Kaffee ist ja nun nicht gerade *das* Einschlafgetränk.

Er mustert mich ernst und auch irgendwie kühl. »Wir müssen reden.«

Oje, was kommt denn jetzt? Mein Herz klopft, und mir ist absolut klar, dass irgendwas passiert sein muss. Und mich befällt auch schon eine leise Ahnung, in welche Richtung es gehen könnte.

»Lilly, ich bin total übermüdet und bestimmt nicht mehr Herr meiner Sinne. Aber ich kann mich jetzt nicht ins Bett legen, ich kriege eh kein Auge zu. Ich muss dir was sagen, und wenn ich das jetzt mit Restalkohol im Blut nicht tun kann, wann dann?«

Und was dann kommt, verändert mein Leben für immer.

Kapitel 2

Ich kann mich noch erinnern, wie es war, als ich Oliver vor vier Jahren kennengelernt habe. Damals war ich siebenundzwanzig, optisch auf dem Zenit, bereits selbstständig im Fitnessbereich, Single und kurz davor, meinen über alles geliebten Bruder und besten Freund Ben aus beruflichen Gründen nach Hamburg ziehen lassen zu müssen. Somit befand ich mich in einer wirklich schlechten emotionalen Phase, in der ich natürlich leicht zu beeindrucken und vor allem für jede Ablenkung dankbar war.

Da kam Oliver völlig durchnässt in das Fitnessstudio, in dem ich auch heute noch arbeite. Es goss wie aus Kübeln, er strich sich ganz hollywoodlike seine dunklen, nassen Haare aus dem Gesicht und gab mir so die Chance, mich in seinen katzenhaften grünen Augen zu verlieren. Da war es um mich geschehen. Ich konnte gar nicht anders, als seinem Charme und dem RTL-Bachelor-Zahnarztlächeln zu erliegen.

Alter Schwede, wer ist dieser Typ?, fragte ich mich. Hoffentlich sah er mir nicht an, dass in meinem Kopf gerade ein Porno ablief, in dem er und ich eine ziemlich tragende Rolle spielten. Ich muss aber zu meiner Verteidigung sagen, dass ich bis dahin wirklich lange Single gewesen war, nicht gerade unglücklich, doch ich hatte die Suche aufgegeben und war zu dieser Zeit wirklich etwas untervögelt. Zudem stand meine Periode in den Startlöchern, und meine Hormone spielten verrückt. Der Mann vor mir war pitschnass und brauchte dringend jemanden, der ihn von seinen triefenden Klamotten befreite. Kopfkino pur!

»Lilly, Lilly! Sorry, aber geht es Ihnen nicht gut?« Er, der nasse, schöne Unbekannte sprach mich an. Woher wusste er, wie ich heiße? Ach ja, mein bescheuertes Namensschild hatte mich wohl verraten. Zum ersten Mal fragte ich mich, warum wir Namensschildchen tragen mussten, auf denen Gemüse abgebildet war.

Gut, ich arbeitete in der Gesundheitsbranche, aber deshalb musste ja nicht jeder denken, dass ich Lilly aus der Gurkengruppe bin. Diese Kindergartennummer brauchte ich nun wirklich nicht. Und so langsam sollte ich auch mal meinen richtigen Namen Liliana verwenden, denn irgendwann ist man einfach aus dem Lilly-Alter raus. Doch das Dumme an Spitznamen ist, dass man sie niemals wieder wegbekommt. Ich erschrecke heute noch, wenn mich jemand mit meinem richtigen Namen anspricht, denn das passiert eigentlich nur, wenn er oder sie sauer auf mich ist. Und so richtig schön finde ich Liliana auch nicht. Hört sich irgendwie spießig und arrogant an. Lilly ist lieb, süß und Harmonie pur.

Aus dem Mund dieses super hotten Typens klang aber selbst Lilly sexy. Ich war in Gedanken jedenfalls dabei, ihm seine durchnässten Kleider vom Leib zu reißen, damit er keine Lungenentzündung bekam!

»Hm, ja, sorry. Hallo, ich bin Lilly, ich war gerade irgendwie abgelenkt«, sagte ich und merkte, wie mir das Blut in die Wangen schoss. Jetzt zahlte sich mein Camouflage Make-up hoffentlich aus. »Willkommen in unserem Studio. Wie kann ich dir helfen?«

Nachdem ich Oliver eine halbe Stunde lang beraten hatte, schloss er ein Zwölf-Monats-Abo in unserem Club ab. Diese Zeit sollte selbst für mich völlig flirtunfähigen Vollpfosten ausreichen, um ihn von mir zu überzeugen. Laut Fragebogen war er zwei Jahre älter als ich, ledig und Single – yippie!

So lernte ich also meinen Oliver kennen und lieben. Er hatte gerade sein Referendariat beendet und wollte nun dem Recht und Unrecht auf dieser Welt Beine machen und Anwalt des Jahrtausends werden. Um es kurz zu machen, es ging alles ratzfatz, und Oliver verdrehte nicht nur das Rechtssystem, sondern auch meinen Kopf.

Heute bin ich in den Dreißigern und optisch eigentlich ganz gut in Schuss. Doch leider bin ich so ein »Aber-Typ«. Klar habe ich ein paar körperliche Wehwehchen, *aber* ich bin ja auch nicht mehr zwanzig. Mit 173 cm zwar nicht klein, *aber* Modelgröße beginnt leider erst bei 176 cm. Ich trage Konfektionsgröße 36/38, *aber* 34/36 wäre schon toll. Meine Haare sind blond und kräftig, *aber* in der Länge werden sie zu dünn, daher ist ein langer Bob das Höchste der Gefühle. Jobbedingt trage ich den meist als Zopf, was *aber* so nach Rasierpinsel aussieht. Auf meine großen blauen Augen bin ich eigentlich ganz stolz, *aber* die Wimpern sind irgendwie zu kurz. Meine Haut ist schön gleichmäßig, ohne Pickel, *aber* trocken, und somit schreit sie nach Falten ... Das könnte jetzt Stunden so weitergehen, *aber* lassen wir das.

Obwohl ich immer noch so hundevernarrt bin, kann ich leider keinen eigenen haben, da Oliver allergisch auf Tierhaare reagiert. Dieser cholerische, fußballverrückte Anwalt für Arbeitsrecht macht es mir oft nicht leicht. Seit vier Jahren sind wir nun zusammen, und irgendwie merke ich so langsam, dass diese Konstellation nicht wirklich Früchte trägt.

Heute finde ich ihn definitiv nicht mehr so sexy wie an diesem Tag, als er völlig durchnässt im Studio aufgetaucht ist und das Abo für den Sport und mein Herz bei mir abgeschlossen hat. Besonders nicht, wenn er in seinem HSV-Trikot vor der Glotze hockt und seine Verbalattacken und zum Teil doch recht unqualifizierten Äußerungen über den Schiedsrichter oder einen schlechten Spieler zum Besten gibt. Irgendwann hat er nämlich seine Dauerkarte beim HSV verkauft, Sky abonniert, und von da an gehörten auch meine Besuche an der Elbe und bei Ben der Vergangenheit an. Die waren nämlich ein angenehmer Nebeneffekt von Olivers regelmäßigen Stadionbesuchen. Die Schreibtischplauze ist dagegen eine Begleiterscheinung, auf die ich verzichten könnte, aber das ist nicht wirklich das Problem, warum die Luft bei uns raus ist.

Es kommt jetzt irgendwie auch alles zusammen. Optisch bin ich wie gesagt ganz ansehnlich. Das ist aber auch der wirklich einzige Vorteil meines Berufes als selbstständige Fitnesstrainerin und Ernährungsberaterin. Wenn ich recht überlege, ist auch meine Leidenschaft, den anfangs noch motivierten Mitgliedern die Faszination des Sports zu vermitteln, dahin. Ich bin nämlich leider selbst auch nicht mehr ganz überzeugt davon. Sein Hobby zum Beruf zu machen, ist im Nachhinein betrachtet nicht wirklich so spitze, wie man denkt. Ich habe jetzt zwar einen Job, aber kein Hobby mehr. Wenn ich Sportschuhe auch nur sehe, schwillt mir der Kamm. Ich arbeite lieber zu Hause Ernährungspläne aus und treffe mich mit Kunden zum Personaltraining. Leute, die wissen, was sie wollen, bezahlen zwar eine Stange Geld dafür, halten es dann aber auch durch. Bei ihnen habe ich wenigstens das Gefühl, dass meine Arbeit Anerkennung findet und nicht sinnlos ist.

Oliver hat sich mittlerweile einen wirklich guten Namen als Anwalt gemacht. Die Kanzlei, in der er arbeitet, läuft gut, und er hat viel und ich ihn dafür weniger um die Ohren.

Sein Plan, später einmal zurück in seine Heimatstadt Hamburg zu gehen und dort die Kanzlei seines Vaters zu übernehmen, hat sich vor einem Jahr zerschlagen. Oliver hat sich mit seinem Vater so überworfen, dass sie seitdem keinen Kontakt mehr haben. Ausschlaggebend war leider ich, denn seine Eltern haben mich von Anfang an schikaniert und mir deutlich gezeigt, dass ich nicht wirklich an Olivers Seite gehöre. In ihren Augen braucht er eine Frau mit Manieren, die ihm den Haushalt schmeißt, Kinder bekommt, kochen kann und den guten Ton wahrt, indem sie auf diverse Verbalattacken verzichtet. Ich gehe ganz stark davon aus, dass sie mir diese gewünschten Attribute absprechen.

An einem der Besuchssonntage kam mir seine Mutter wieder blöd. Ich sagte ihr, dass es ihr gutes Recht sei, mich abzulehnen, aber sie solle es mir doch bitte nicht so deutlich zeigen. Ansonsten könne sie sich darauf einrichten, dass sie ihren einzigen Sohn gar nicht mehr zu Gesicht bekommt. Denn ich habe Besseres zu tun, als an unserem freien Sonntag zweihundertfünfzig Kilometer zu fahren, um ihren widerlichen, zu streng schmeckenden Lammbraten zu essen. Außerdem habe ich moralisch eh ein Problem damit, Tierkinder zu essen. Das mündete in einer klitzekleinen Verbalattacke meinerseits, aber es musste einfach mal raus. Die letzten Worte, die sie uns hinterhergerufen hat, waren: »Oliver, diese Hüpfdohle ohne Substanz und Kinderwunsch ist nicht gut für dich. Bitte werde doch endlich vernünftig!«

Ohne mit der Wimper zu zucken, hat sich Oliver auf meine Seite gestellt. Daher fällt es mir auch so schwer, überhaupt an eine Trennung zu denken, denn er hat ja irgendwie alles für mich aufgegeben. Laut Oliver war ich immer das perfekte Pendant zu seinem täglichen Umgang mit den zum Teil doch recht trockenen Juraleuten.

Ich habe schon so oft versucht, Oliver davon zu überzeugen, sich mit seinen Eltern auszusprechen, aber er ist stur wie ein Esel. Es ginge mir besser, wenn sie sich wieder vertragen würden. Eine Familie gehört einfach zusammen. Wahrscheinlich spielt aber auch der

Hintergedanke, dass ich mich dann mit einem besseren Gewissen von ihm trennen könnte, eine Rolle. Zwar gab es nur vereinzelt Tage, an denen ich wirklich über eine Trennung nachdachte, aber wir sind eigentlich nur noch gute Freunde, vielleicht sogar nur noch WG-Partner. Jeder macht sein Ding, wir streiten ja nicht mal mehr. Nachts liege ich oft wach und frage mich, wie lange wir noch so nebeneinanderher leben und liegen wollen, bis wir uns gegenseitig erschießen.

Oliver hat ab und an schon mal vom Heiraten gesprochen, und eigentlich gibt es ja nur die beiden Alternativen: für immer zusammen oder für immer getrennt. Ich kann mir die Sache mit dem Ring überhaupt nicht vorstellen, aber nicht, weil ich generell nicht heiraten will, sondern weil ich einfach noch nicht überzeugt bin. Jedes Mal, wenn er fragt, ob wir essen gehen wollen, habe ich Angst davor, dass er mir einen Antrag macht, und bin dann immer völlig verspannt. Seit ich ein kleines Mädchen war, träumte ich aber von diesem Tag, an dem sich die ganze Welt nur um mich dreht. Einmal Prinzessin sein zu können. Nur dieser Prinz ist es irgendwie nicht.

Ich habe, verfickt noch mal, die dreißig übersprungen und kriege langsam Panik. Es muss was passieren.

Aber wenn Oliver dann vor mir sitzt – also quasi mein personifiziertes schlechtes Gewissen –, schlägt mein Herz so voller Dankbarkeit, dass ich es mit dem Gefühl der innigen Liebe verwechsle und denke, alles ist gut.

Kinder sind auch so ein Thema, bei dem Oliver und ich uns unterscheiden. Oliver möchte definitiv welche, aber ich habe es einfach nicht so mit Kindern und möchte eigentlich keine haben. Vielleicht scheue ich auch einfach die Verantwortung. Sich immer zu sorgen und zu ärgern, ist nicht so mein Ding. Bevor ich dreißig wurde, dachte ich, dass der Kinderwunsch bei mir noch kommt, aber mittlerweile glaube ich, das Thema ist durch. Mein Umfeld kennt meine Einstellung, was natürlich zur Folge hat, dass mein Bekanntenkreis inzwischen klein und recht überschaubar geworden ist.

Ich bin absolut keine Hexe, die Kinder nicht mag, und ich lasse mir das auch nicht anmerken, wenn ich im Familien- oder Bekanntenkreis auf Kinder treffe. Kinder mögen mich sogar ganz gerne, zumindest bilde ich mir das ein, aber ich habe einfach kein Interesse an den kleinen Sonnenscheinen. Ich mag auch diese Mami-Gespräche nicht und kann da natürlich auch nicht mitreden. Aber jedem das Seine. Kinderkriegen ist die normalste und natürlichste Sache der Welt – und ich bin eine Ausnahme. Was soll's, so ist das eben.

Neulich beim Shoppen habe ich eine Situation beobachtet, die mich echt nachdenklich gemacht und mich wieder in meiner Meinung bestätigt hat, keine Kinder kriegen zu wollen. Ein Kind hasst einen anscheinend schon, wenn es nicht die neuesten *adidas*-Treter bekommt. Ich habe nämlich gehört, wie so ein Teenager im Kaufhaus zu ihrer Mutter wortwörtlich sagte, sie sei die beschissenste Mutter der Welt, und sie wünsche ihr den Tod. Es ging wirklich nur um ein beknacktes Paar

Schuhe, das ihr die Mutter nicht kaufen wollte. Und die Mutter gab sich auch noch ganz cool und unbeeindruckt, als hörte sie das zehnmal am Tag. Unglaublich, wie traurig mich das gemacht hätte, wenn das mein Kind gewesen wäre. Ich dachte nur, du kleines, verzogenes Stück, deine Mutter opfert sich seit geschätzten vierzehn Jahren für dich auf, macht und tut, verzichtet auf alles, was ihr selbst Spaß macht und Geld kostet, nur um dir deine Wünsche erfüllen zu können – und du gibst völlig selbstverständlich so einen Müll von dir.

Natürlich will ich das nicht verallgemeinern, es gibt ja auch andere Kinder. Man erinnert sich aber leider immer nur an die Unangenehmen, die einem unsympathisch sind, nämlich an die frechen, faulen, unverschämten und nörgelnden Kids. Die höflichen, netten und süßen Kinder gehen ungerechterweise unter.

Ich höre oft: »Ach Lilly, ein Kinderlachen ist doch das Schönste auf der Welt!« Ja sicher, denn schreiende und heulende Kinder sind ja wohl auch super ätzend! Jeder sagt mir, wenn ich erst mal Mutter bin, sehe ich das ganz anders. Doch das Pilotprojekt, dass die Natur das bei mir doch anders sieht, ist mir zu heikel. Und dann diese Verantwortung ein ganzes Leben lang. Wann ist ein Kind denn heute erwachsen, mit Ausbildung und Studium fertig und reif für das Leben? Nee, nee, nee, das wird nichts mit mir und den kleinen Kackärschen.

Ich bin einfach absolut ein Hundemensch. Ein Hund ist dankbar, nimmt, was er bekommt, sagt nicht »ich hasse dich«, wenn es keine Designerleine, sondern nur eine vom Fressnapf gibt, und will bis zum letzten Atemzug geküsst und geknuddelt werden. Da kommt kein »Mama, du kannst mich doch nicht vor allen küssen« oder andere verletzende Sprüche, die einem das Herz brechen. Man kann bei einem Tier definitiv seine Beschützer- und Versorgungsseite ausleben, aber alles ohne diese ganzen Konsequenzen, die ein Leben mit Kind beinhaltet.

Der Versuch, meine Hundeleidenschaft im Tierheim auszuleben, klappte leider nicht so richtig. Mir so ein armes Seelchen zum Gassigehen auszuborgen, ging mir emotional an die Nieren. Die ganzen Hunde dort zu sehen, von denen gefühlt jeder Einzelne mir zuruft, dass ich ihn mitnehmen soll, hat mich wahnsinnig aufgewühlt. Für dieses Elend bin ich einfach zu schwach, und ich bewundere die Menschen, die dort ehrenamtlich arbeiten und sich um die Wauzis kümmern. Ich selbst packe das nicht. Mir schießen sofort die Tränen in die Augen, und es belastet mich, dass ich keinem von ihnen helfen kann. Ich musste da weg. Das Einzige, das ich für die Lieben dort tun kann, ist ein Dauerauftrag, der die Tatsache, so ein sensibler Tierfreund zu sein, für mich moralisch etwas erträglicher macht. Ich würde gerne mehr tun, aber ich bin einfach nicht dafür geschaffen. Doch so eine Fellnase fehlt mir an jedem Tag in meinem Leben. Erst dachte ich, man gewöhnt sich daran, ohne Hund zu leben, doch mittlerweile gehe ich absolut konform mit Heinz Rühmann: »Man kann ohne Hund leben, aber es lohnt sich nicht.«

Kapitel 3

An diesem Sonntagnachmittag kommt Oliver also nach seiner Rückkehr aus Hamburg aus dem Bad, holt sich einen Kaffee, setzt sich mir gegenüber aufs Sofa und atmet tief durch. Ich bin gespannt, was er mir zu sagen hat.

Er fällt auch gleich mit der Tür ins Haus. »Ich liebe dich nicht mehr, Lilly.«

Ja, ist klar, denke ich mir. Hat er das gerade tatsächlich gesagt? »Aha«, antworte ich wie in Trance und warte darauf, dass ich wach werde.

Er zieht eine Augenbraue nach oben. »Aha? Das ist alles, was du dazu zu sagen hast?«

Ja, er hat Recht. Meine Antwort hört sich echt unspektakulär an. Aber mir fällt dazu auch nichts wirklich Intellektuelles ein.

»Das ist echt mal eine Neuigkeit, Oliver.« Mann, ich war auch schon mal schlagfertiger, aber man bekommt ja nicht tagtäglich so ein Kompliment.

Jetzt hat er es also ausgesprochen. Wie lange schleppt er diese Erkenntnis wohl schon mit sich herum? Ich beginne nun, etwas zusammenzustottern, obwohl ich eigentlich froh sein sollte, dass er das in die Hand genommen hat und ich den schwarzen Peter los bin, denn ich habe das letzte Wochenende auch damit verbracht, unsere Beziehung zu reflektieren und darüber nachzudenken, wie es weitergehen soll. Aber andererseits bin ich überhaupt nicht darauf vorbereitet, und es trifft mich wie eine Breitseite von Herrn Klitschko – jedenfalls muss sich so eine rechte Gerade von ihm anfühlen.

»Du liebst mich also nicht mehr, okay«, sage ich irritiert und empfinde die Situation so unwirklich. »Seit wann weißt du das denn so genau? Ist es so eine ›Wir haben uns voneinander entfernt, und ich muss herausfinden, ob ich dich noch liebe-Sache‹? Oder eher so ein ›Ich weiß ganz genau, dass ich dich nicht mehr liebe, weil ich dich in den letzten Wochen einfach scheiße finde und unbedingt von hier wegmuss-Ding‹?«

Oliver atmet schwer und holt richtiggehend Luft, bevor er antwortet. »Es ist ein ›Es hat eigentlich als Affäre angefangen, jetzt liebe ich sie, und sie bekommt ein Kind von mir-Ding‹, um es in deinen Worten auszudrücken.«

Okay, das macht Sinn und klingt wirklich ernst. Ich habe das Gefühl, dass ich gleich umfalle. Jetzt wäre es mir sachlich und in Fakten gesprochen doch lieber.

»Du bekommst also ein Kind mit einer Frau, die du nach einer unbestimmten Zeit des Vögelns nun doch in dein Herz geschlossen hast? Und jetzt bist du der Meinung, dass du sie liebst? Das nenn ich mal eine Story, Herr Anwalt. Respekt!«

»Ach komm, Lilly. Du hast dich doch schon lange von mir entfernt. Denkst du, ich habe das nicht gemerkt? Auch wenn ich vielleicht nicht der emotionalste Mensch der Welt bin, aber ich habe auch Gefühle, Gedanken und Bedürfnisse.«

Ja Mann, die Bedürfnisse nennt er zum Schluss, ich lach mich tot. Der Ärmste.

Ich weiß gerade gar nicht, was ich sagen soll. Mir geht so vieles durch den Kopf. Irgendwie bin ich froh, dass das Thema, das mich ja auch schon länger belastet hat, nun zum Thema geworden ist und ich dabei nicht mal die Böse bin.

Aber die Situation ist wirklich grotesk. Und so typisch. Eine nicht gut laufende Beziehung wird immer nur durch das Einwirken neuer Partner getrennt. Die wenigsten Beziehungen trennen sich aus Vernunft. Es muss immer erst jemand Neues da sein, damit man wirklich die Reißleine zieht. Und dann ist immer einer verletzt, und es gibt Krieg. Warum soll es uns anders ergehen?

Ich bin doch jetzt das beste Beispiel. Ich dachte ja auch schon länger daran, mich zu trennen, und heute macht er es, nimmt mir diese Entscheidung ab, und anstatt mich zu freuen, bin ich megamäßig verletzt. Es hat jetzt einfach nichts mehr mit Fairness zu tun. Ich wollte mich von ihm trennen, weil ich gemerkt hatte, dass wir nicht mehr glücklich sind, und dafür sorgen wollte, dass wir beide wieder eine Chance auf Liebe bekommen. Oliver hat aber den zweiten Schritt vor dem ersten gemacht, und das ist es, was mich so kränkt. Er hökert in der Gegend herum, probiert aus und tauscht dann besser gegen schlechter, das ist echt mies.

Neulich habe ich bei Facebook einen Post gelesen, nach dem das Sprichwort »Vergeben und Vergessen« einen völlig neuen Sinn bekommt, wenn man es wie folgt interpretiert: Er ist vergeben und hat es beim Vögeln einer anderen vergessen. Beim Lesen habe ich noch darüber gelacht, doch jetzt finde ich es auf einmal gar nicht mehr so witzig.

Nachdem ich Oliver ins Schlafzimmer geschickt habe, liege ich auf dem Sofa und starre die Decke an. Passend zu meiner Stimmung herrscht richtiges Depri-Wetter. Der Regen prasselt an die Scheibe, und das Rauschen des Windes hört sich total unheimlich an. Ich hoffe, Oliver schläft jetzt erst mal zwölf Stunden am Stück und lässt mir Zeit, die Neuigkeit zu verarbeiten. Mir fällt ein, dass ich ihn gar nicht gefragt habe, wer die Schlampe überhaupt ist, die in den kommenden Monaten eine kleine Olivia oder einen kleinen Oliver aus ihrer Mitte drückt. Aber eigentlich interessiert mich das auch gar nicht.

Er hat mich betrogen und mir meine Zeit gestohlen, ich kann es nicht glauben. Schon längst hätte ich einen Neuanfang starten können. Dafür hasse ich ihn. Aber andererseits ist das ja auch unfair. Ich bin doch auch nicht besser. Tue so, als wäre alles tutti, und kriege den Mund nicht auf, um ganz klar zu sagen, dass es sich ausgeliebt hat. Aber vielleicht war ich mir auch noch nicht sicher genug oder noch nicht so weit.

Jedenfalls habe ich Oliver nicht bewusst oder mit böser Absicht im Dunkeln gelassen, was meine Gefühle angeht. Er aber hat mich vorsätzlich beschissen. Vom Straftatbestand wäre es bei mir vielleicht vergleichbar mit Totschlag, doch bei ihm ist es definitiv schon vorsätzlicher Mord.

Völlig egal eigentlich. Fakt ist, wir lieben uns nicht mehr. Er hat es gemerkt, weil er sich neu verliebt hat, und ich merke es gerade, weil es mir nicht wirklich wehtut, dass es so gekommen ist. Ich bin einfach nur in meiner Ehre gekränkt, und das vergeht wieder. Eigentlich will ich ihn doch gar nicht mehr, aber eine andere Frau soll ihn auch nicht haben. Wer nicht so denkt, verdient meinen Respekt!

Olivers Mutter wird jetzt auf jeden Fall eine Party schmeißen, wenn sie diese Neuigkeit hört. Wenn das kein Grund ist, sich mit ihrem Sohn zu versöhnen. Lilly ist Geschichte, und sie bekommt endlich ihr gewünschtes Enkelkind.

Dass unsere Lovestory jetzt endgültig Geschichte ist, kriege ich noch gar nicht so richtig klar. Doch eigentlich stehen mir jetzt alle Türen offen, um total neu anzufangen. Über diesen Gedanken schlafe ich auf dem Sofa ein.

Kapitel 4

Am nächsten Morgen werde ich wach. Habe ich überhaupt geschlafen? Keine Ahnung. Es ist ein ekliger, verregneter Montagmorgen, ganz passend zum Wochentag. Montags könnte ich eh kotzen, aber in diese Woche zu starten, ist irgendwie noch schlimmer als sonst.

Ich habe die Nacht auf dem Sofa verbracht und werde mich nun um mein neues Leben kümmern müssen. Oh Gott, ist mir schlecht. So ein flaues Gefühl, dass es jetzt ernst wird. Es wird nun definitiv spannend in meinem Leben.

Ich gehe erst mal ins Bad. Meine Augen sind geschwollen und brennen, aber nicht vom Weinen. Ich bin einfach nur übermüdet. Geweint habe ich seltsamerweise noch gar nicht. Nein, ich habe noch keine Träne vergossen. Ich bin auch irgendwie gar nicht traurig.

Klar bin ich verletzt, aber ich muss sagen, dass es so ja auch echt nicht weitergehen konnte. Wir waren vier Jahre zusammen, sind noch keine achtzig Jahre alt und lebten mittlerweile so nebeneinander her, dass irgendwann einer ausbrechen musste.

Da ich sextechnisch nicht so anspruchsvoll oder aktiv bin und bei mir vieles der Kopf steuert, muss ich fairerweise sagen, dass ich meine »Partnerpflichten« in letzter Zeit wohl auch etwas vernachlässigt habe. Ich kann echt nicht sagen, wann wir das letzte Mal miteinander geschlafen haben.

Oje, das ist wirklich traurig. Warum habe ich mich eigentlich nie gefragt, wie er das so kompensiert? Vielleicht weil es mir egal war. Ich habe schon gerne Sex, bin aber auch der Typ Frau, bei dem Mann darauf hinarbeiten muss. Bei mir geht Sex irgendwie nur über den Bauch. Ich muss schon glücklich sein, um überhaupt in Stimmung zu kommen. Es darf nicht vorher gestritten werden, und es muss noch Spannung in der Luft liegen. Ich rede nicht vom Versöhnungssex. Der kann der absolute Wahnsinn sein. Diesen »Ach, vier Wochen sind rum, ich könnte mal wieder-Sex« inmitten von Alltagszoff über Wäsche, Essen und anderen Mist meine ich. Da komme ich nicht in Stimmung.

Bei mir kann der Mann gern schon morgens auf den abendlichen Höhepunkt hinarbeiten, indem er mich betüddelt, liebe Komplimente macht und einfach Harmonie an den Tag legt. Das belohne ich dann gern mit Sex. Gut, das war eine etwas übertriebene Darstellung, aber bei mir geht sehr vieles über den Kopf. Ich brauche einfach diese Fürsorge, lasse ihn aber natürlich auch zwischendurch mal ran, wenn ich merke, dass es drückt.

Es gibt Studien über dieses Phänomen, dass viele Frauen, die tagsüber eine entsprechende Aufmerksamkeit bekommen, abends dann auch williger sind. Ich bin jedenfalls auch so. Je lieber der Partner zu mir ist, desto eher kribbelt mein Bauch und somit mein Unterleib.

Davon abgesehen ist die Frau in den ersten beiden Beziehungsjahren ohnehin zu jeder Zeit und an jedem Ort bereit für Schweinekram. Unsere ersten beiden Jahre sind jedenfalls seit zwei Jahren vorbei, aber ich muss mir darum jetzt auch keine Gedanken mehr machen. Dafür ist nun eine andere zuständig.

Als ich das Bad betrete, steht Oliver schon mit der Zahnbürste im Mund da. Ich sage nur »Morgen« und stecke mir auch schnell meine Bürste zwischen die Zähne. Er ist dann eher fertig mit dem Putzen als ich und muss den Anfang machen. Das hoffe ich jedenfalls, denn ich weiß echt nicht, was ich sagen soll.

Er tut es dann auch sachlich, kurz und bündig, wie es sich für einen guten Anwalt gehört. »Ich muss jetzt ins Gericht. Aber heute Abend würde ich gerne mit dir essen gehen und alles in Ruhe besprechen.«

»Ja, Papa«, antworte ich und kann mir diese kleine Spitze nicht verkneifen, »das können wir gerne tun. Ich bin gespannt, was du dir überlegt hast.«

Er guckt mich etwas säuerlich an. »Um sieben beim Italiener?«

»Gut, ich werde da sein.« Danach werde ich wohl nie wieder bei *unserem* Italiener essen gehen, denn bisher war das immer ein Ort der Harmonie für mich.

Nachdem ich mit Zähneputzen fertig bin, sage ich: »Übrigens bin ich froh, dass es so gekommen ist, denn ich liebe dich auch nicht mehr.«

Ohne eine Antwort abzuwarten, verlasse ich erhobenen Hauptes das Bad.

Draußen im Flur merke ich, dass mir die Tränen die Wange herunterlaufen, und ich gehe ins Schlafzimmer, um mich anzuziehen.

Nach fünf Minuten höre ich nur noch die Wohnungstür ins Schloss fallen. Soeben haben die letzten vier Jahre meines Lebens diese Wohnung verlassen.

Ich muss sofort an Vicky Leandros denken und an ihren legendären Hit *Ich liebe das Leben*. Da ich das Lied natürlich in meinem Smartphone in meiner Favorite Playlist gespeichert habe, drücke ich mir die Kopfhörer ins Ohr und höre es, so laut es geht. Ich lächle und singe es zum ersten Mal aus eigener Sicht und mit voller Überzeugung. Ja, ich liebe das Leben, und es wird auch ohne Oliver weitergehen, dessen bin ich mir absolut sicher.

Kapitel 5

Knapp zwei Stunden bevor das Fitnessstudio offiziell öffnet, fahre ich schon hin. Das ist mir noch nie passiert, aber zu Hause habe ich es einfach nicht mehr ausgehalten. Ich schreibe Maja eine Nachricht, dass sie auch unbedingt früher ins Studio kommen muss, da ich jemanden zum Reden brauche.

»Es tut mir echt leid, Süße, aber endlich hast du klare Verhältnisse.« Maja, eine wirklich tolle Kollegin und Freundin, bringt es auf den Punkt. Klar, sie ist ja auch nicht in meiner Situation. Als neutrale Person ist es so einfach, rational zu denken und zu urteilen.

Maja ist etwas jünger als ich, hat also die dreißig noch vor sich. Sie ist das krasse Gegenteil von mir: knapp 180 cm groß, mit einer Körbchengröße ausgestattet, von der ich nur träumen kann, aber das hatte sie auch schon lange, bevor sie sich die Prachtteile leisten konnte. Doppel-D und alles andere als natürlich, aber sie passen zu ihr, ihren langen Beinen und den tollen haselnussbraunen Haaren, die sie meist zum Pferdeschwanz gebunden aus dem Gesicht trägt. Somit rückt ihr lasziver Blick in den Fokus, auf jeden Fall für alle diejenigen, die von ihrem Dekolleté ablassen können.

Maja ist eine Sexbombe, ein richtig heißer Feger, und ich habe sie wirklich gern, obwohl sie recht oberflächlich ist. Ich könnte nicht mit ihr zusammenleben, aber das muss ich ja auch nicht. Als Freundin ist sie immer für mich da, auch wenn ich manchmal das Gefühl habe, dass sie mir nicht zuhört. Sie hat immer und überall ihre Antennen und ist so multitaskingfähig, dass es mir Angst macht.

Das bringt vielleicht auch unser Job mit sich. Man ist nach so vielen Jahren in der Lage, einen Aerobic-Kurs zu geben, nebenbei Beziehungsprobleme zu lösen und eine Einweisung zum Probetraining zu besprechen. Okay, vielleicht übertreibe ich ein bisschen, aber Maja schafft das irgendwie alles auf einmal.

Eigentlich verfügt Maja über wenig Substanz, was Sensibilität und Tiefenpsychologie angeht, aber sie hat ein verdammt frisches, lockeres und lustiges Wesen, immer gute Laune und tut mir einfach gut. Und sie hat Gismo, einen kleinen Malteser. Der Kerl ist echt ganz süß, wäre zwar kein Hund für mich, aber was sollte ich Ansprüche stellen? Wenn man Hunde liebt und selbst bislang keinen haben konnte, aber eine Freundin dieses Bedürfnis befriedigen kann, sollte man doch dankbar sein.

Erst war es für mich auch eine tolle Begleiterscheinung unserer Freundschaft. Aber immer wenn ich bei ihr bin, merke ich dann doch, dass fremde Hunde irgendwie auch nicht wie der eigene Hund sind. Der Geruch, das Wesen, die fehlende Gewohnheit sind einfach Kriterien, die nicht immer mein Herz höher schlagen lassen, nur weil ich dort mit einem Hund zusammen sein kann.

Wahrscheinlich verhält es sich da ähnlich wie mit dem Kindersyndrom. Das eigene Kind ist alles, dann kommt lange nichts. Fremde Kinder sind irgendwie anders. Ich höre einfach zu oft von Kundinnen, die selbst Kinder haben, wie sie über andere Kinder herziehen. Sie seien zu fett, zu unerzogen, zu nervig, zu dreckig, zu unhöflich und so weiter. Ich wundere mich dann immer, da diese Frauen doch selbst Kinder haben, und wenn ich sie darauf anspreche, meinen sie nur, das sei ja auch was ganz anderes. Das eigene liebt man, aber an anderen Kindern können sie nichts finden. Ich habe das Phänomen auch mit Hunden erlebt. Hund ist nicht gleich Hund, und ich springe jetzt nicht direkt auf alles an, was vier Pfoten hat. Ich brauche absolut Zeit und eine emotionale Bindung zu dem Tier.

Außerdem ist Gismo, das glaube ich jedenfalls, auch etwas gestört. Ich habe Maja oft gesagt, dass ihm in meinen Augen die wechselnden Männer in ihrem Bett Probleme bereiten. Denn er neigt dazu, die Männer, die sie mit nach Hause bringt, anzuknurren und in der Wohnung rumzupöbeln. Eigentlich ist Gismo total lieb und verschmust, aber wenn Maja Besuch hat, uriniert er ins Wohnzimmer oder knabbert am Sofa. Maja legt jedoch keinen Wert darauf, an dem Problem zu arbeiten, sondern sperrt Gismo bei Bedarf entweder in seine Hundebox oder trifft sich mit dem Kerl in dessen Wohnung, falls er zur Abwechslung mal keine Ehefrau hat. Man muss sich halt zu helfen wissen.

Ich konnte ja leider Gismo nicht mal ausleihen, da Oliver dann aussah, als hätte er einen Sack Zwiebeln geschnitten. Somit habe ich Majas Hund nur ab und an gesehen, wenn ich mal bei ihr war, was aber selten vorkam, da wir meist im Studio quatschen und Kaffee trinken. Ohne eine intensive Bindung reicht es für die große Liebe einfach nicht. Weder bei Hund noch Herrchen.

Jedenfalls war Majas Freundschaft anfänglich für mich eine große Hoffnung, was den Kontakt zu einem Hund anging. Doch leider war Maja nicht die richtige Person, um eine richtig tiefgehende Freundschaft aufzubauen. Bei ihr steht vorrangig sie selbst an erster Stelle, sie hört meist nur halb zu und wäre einfach nicht die richtige Person, um wichtige Lebensratschläge zu geben, aber die perfekte Beratung, wenn ich mich zwischen zwei Kleidern entscheiden müsste. So hat man im Leben verschiedene Freunde, Bekannte oder Familienmitglieder – und das ist gut so. Für jede Baustelle gibt es den richtigen Fachmann!

Die Sache mit Oliver und die Frage, wie es mit mir weitergeht, muss ich wohl ganz allein mit mir ausmachen. Da ist guter Rat teuer, und im Grunde hatte ich mich auch längst entschieden. Ich wollte mich ja auch trennen, doch ich hätte den Winter noch abgewartet. Jetzt war für mich dann doch nicht wirklich der richtige Zeitpunkt für eine Trennung. Auch total egoistisch irgendwie, und ich bin nicht stolz auf diese Eigenschaft, aber ich war einfach noch nicht so weit. Dagegen muss Oliver ja keine Abstriche machen. Für ihn wird es nicht so schlimm, er hat jemanden, um Weihnachten zu feiern. Mann, Mann, Mann, es hilft alles nichts, ich muss endlich raus aus meinem Alltagstrott und sollte Oliver dankbar sein, dass er mir ein neues Leben ermöglicht.

Aber diese Art und Weise ist so fies. Doch gibt es einen richtigen Zeitpunkt für so was? Wahrscheinlich nicht, aber erst zu gehen, wenn man eine andere hat, ist doch beschissen. Mann, wie ich diese Einstellung hasse. Ich habe mir aber auch nie Gedanken gemacht, wenn er bis spätabends in der Kanzlei war. Hoffentlich wird dieser Vertrauensbruch mich nicht mein Leben lang traumatisieren. Ich war nie ein eifersüchtiger Mensch und möchte das auch nach dieser Geschichte nicht werden.

Maja hört meinen Ausführungen und meinem Gemotze zu. Na ja, sagen wir, sie tut so, als würde sie zuhören, denn nebenbei ist sie mit ihrem Smartphone zugange. Aber es ist mir eigentlich auch egal, ich muss nur einfach mal jemandem erzählen, was da gestern passiert ist. Wie oft habe ich mir Majas Männergeschichten angehört, da muss die Maus jetzt mal durch. Und es geht mir danach auch wirklich besser. Reden reinigt ungemein.

Ich stelle den Kaffeeautomaten an und bereite alles für den Studioalltag vor. Sauna anmachen, Desinfektionsflaschen kontrollieren, PC starten, Kasse zählen, Kursraum vorwärmen, Toiletten kontrollieren und so weiter.

Alle diese Dinge erledige ich total automatisiert mit meinem Kaffeebecher in der Hand, und da wird mir klar, dass ich auch davon die Schnauze voll habe. Ich muss hier weg. Warum eigentlich keinen Neuanfang? Weg aus Göttingen, der Stadt der Radfahrer und Studenten, die mich ohnehin alle nerven. Wo man hinsieht, nur Fahrräder auf den Straßen und Studenten, die die Cafés verstopfen.

Dann seit Jahren dieselben Studiomitglieder, die mir auf den Keks gehen. Die einen, die beratungsresistent sind, meinen, sie sind top in Form, super trainiert und brauchen keinen neuen Trainingsplan, weil sie selbst am besten wissen, was gut für sie ist. Tatsächlich ist diese Spezies fünfmal die Woche da, sitzt aber nur vorne am Tresen, trinkt Eiweißshakes und Kaffee und zieht sich Energieriegel rein, um zu guter Letzt noch eine Runde in die Sauna zu gehen. Aber immerhin haben sie so am Ende des Tages sogar geschwitzt, und darauf kommt es ja schließlich an. Das Training haben die total vergessen, aber was soll's, sie waren anwesend, und das reicht ihnen für ein gutes Selbstwertgefühl. Eigentlich beneidenswert und die besten Kunden.

Die echten Pumper nerven aber auch, denn die hört man nur stöhnen und sieht sie selbstverliebt vor der Spiegelfront im Trainingsbereich posieren. Sie posten Selfies für ihr Facebookprofil und erzählen blödes Zeug. Diese Kategorie findet sich ebenfalls megageil. Vielleicht auch irgendwie beneidenswert.

Die paar Essgestörten, die in einem Jahr viel zu dünn, dann im nächsten wieder viel zu dick sind und dann stundenlang auf den Kardiogeräten stehen, nimmt man schon gar nicht mehr wahr. Ich versuche, denen immer wieder zu erklären, wie Ernährung funktioniert und dass es wichtig, ist eine Gleichmäßigkeit in seinen Alltag zu bekommen.

Ich finde es ganz furchtbar, wenn mir meine Kunden erzählen, dass sie nach achtzehn Uhr nichts mehr essen. Wie scheiße ist das denn bitte? Das geht für mich nicht. Okay, das ist jetzt nicht wirklich normal für eine Ernährungsberaterin, und es ist natürlich jeder Körper anders. Ich habe genauso meine »Theorie und Praxis-Momente«. Und bin nicht die Königin der Ökotrophologie, aber ich habe einige Selbstversuche durch, was Diäten angeht, und kann voller Überzeugung sagen: Seit ich esse, wonach ich Lust habe, und wirklich nicht mehr, als mein Körper braucht, um satt zu sein, halte ich mein Gewicht wirklich gut. Dieses Phänomen ist, so glaube ich, auch kein Hexenwerk. Ich spreche hier natürlich nicht von Extremsportlern, sondern von einem ganz normalen Menschen, der versucht, ein gesundes Gewicht dauerhaft zu halten.

Das Essen ist auch völlig unabhängig von der Zeit und ob mehr Kohlenhydrate oder Eiweiße darunter sind. Ich denke, jeder sollte selbst herausfinden, was gut für ihn ist. Wichtig ist das Umgehen von Kalorien aus Getränken. Ich verweise beruflich auf Wasser, ungesüßte Tees und Saftschorlen. Privat trinke ich nur Kaffee und Cola light. So viel zu Theorie und Praxis. Cola light ist mein absolutes Lieblingsgetränk. Wenn ich davon mal an Krebs sterbe, erwarte ich, dass mir *CocaCola* ein Denkmal auf mein Grab stellt. Verdient hätte ich es allemal! Also, Cola light und dazu eine Tüte

Gummizeug halte ich privat als gute TV-Alternative, aber das ist sicherlich nicht der gesunde Weg.

Ich mache das ja nun mal beruflich und muss da natürlich auch etwas die wissenschaftliche Seite im Auge behalten – und das tue ich auch. Grundsätzlich funktionieren alle Diätprogramme, nur ist der Sinn einer Diät fraglich. Denn wenn man sein Wunschgewicht erreicht hat, kann man nicht einfach wieder essen wie vorher. Man will aber auch nicht sein Leben lang Punkte zählen, Eiweiße von Kohlenhydraten trennen oder eine Mahlzeit durch einen Eiweißshake ersetzen. Diese Diätgeschichten brauchen die meisten Menschen aber, um ein Ziel und einen Überblick zu haben, wann sie wie viel abgenommen haben. Abnehmen ist nicht wirklich schwer, das Gewicht halten dagegen sehr!

Wie auch immer, die Abnehmerei ist ein elendiges Thema, und ich denke, das bleibt es auch für immer und ewig. Wir Menschen werden immer dicker, da ja auch das Lebensmittelangebot immer größer wird. Ich kann aber nur immer wieder sagen: Man sollte essen, worauf man Lust hat, aber ein Gefühl dafür bekommen, wann man satt ist. Man muss seinen Körper so gut kennen, dass man weiß, wann man Hunger und wann Appetit hat. Denn Appetit hat man eigentlich immer. An jeder Bäckerei, an jedem Imbiss, an dem man vorbeikommt, riecht es so verführerisch, und man glaubt, man hat Hunger. Aber wenn man dann in sich geht, auf die Uhr guckt und weiß, dass man gar keinen Hunger haben kann, weil man erst vor zwei Stunden gegessen hat, dann ist es nur der fiese Appetit. Also Nase zu und durch, sich auf die nächste Hauptmahlzeit freuen und den Zwischensnack links liegen lassen. Sonst wird man dick, da führt kein Weg dran vorbei.

Leider gibt es für viele Menschen nur Schwarz oder Weiß. Die wenigsten Mitglieder sind unauffällig, trainieren vernünftig, gesund und ausgeglichen und sind dazu auch menschlich echt in Ordnung. Traurig, aber das ist wirklich so.

Ganz schlimm sind einige Frauen aus den Kursen. Das ist ja schon eine absolute Cliquenwirtschaft. Da benehmen sich fünfzigjährige Frauen wieder wie fünfzehnjährige Teenagerzicken, die keine neue, schon gar nicht dünnere oder hübschere Frau in »ihrem« Kurs akzeptieren. Die dominanten, langjährigen Mitglieder stehen immer vorne, gleich hinter der Kursleitung, direkt vor dem Spiegel. Von da haben sie die neuen Kursmitglieder voll im Blick, die meist ganz hinten bei den Turnmatten anfangen und sich über die Jahre nach vorne arbeiten müssen.

Dann ein weiteres Fitnessstudio-Klischee, das ich absolut bestätigen kann: Ein großer Teil der Belegschaft hatte schon diverse Affären mit Mitgliedern und auch untereinander. Das liegt natürlich daran, dass Sportler im Allgemeinen lockerer sind und offener mit ihrem Körperbewusstsein umgehen. Was ich in den letzten Jahren hier erlebt habe, darüber könnte ich ein Buch schreiben. Das Personal untereinander, in Verbindung mit den Kunden, gleichzeitig oder nebenher, untereinander oder übereinander. Oh Mann, das ist echt alles verrückt. Jeder mit jedem zu jeder Tages- und Nachtzeit.

Ein sehr beliebter Ort ist die Sauna. Hier wird es immer wieder heiß. Zwei Mitglieder, die ich da mal beim Vögeln erwischt habe, haben danach fristlos gekündigt. Ich weiß gar nicht, für wen es peinlicher war. Für mich, weil ich die beiden voneinander runterholen musste wie einen Rüden, der eine läufige Hündin besteigt, oder für die beiden, weil sie erwischt wurden.

Die schlimmste Situation war für mich aber definitiv der Abend, als ich meine Handtasche im Trainerbüro vergessen hatte. Da sich mein Haustürschlüssel darin befand, musste ich nach Feierabend noch mal ins Studio. Durch das gekippte Bürofenster konnte ich natürlich schon von draußen erkennen und auch hören, was drinnen los war. Mein Chef Christian lag bäuchlings über dem Schreibtisch, und Maja, von der ich nur den Hinterkopf sehen konnte, saß auf den Knien hinter ihm. Er war nackt und stöhnte. Sie war mit ihrer Hand vorne zugange und bewegte ihren Kopf ganz leicht. Ich konnte diese Situation irgendwie nicht deuten. Es sah fast so aus, als … ja, als würde sie ihm den Hintern lecken. Ich fand es widerlich, aber man kennt das ja: Etwas ist so eklig, dass man nicht weggucken kann, wie bei einem Unfall.

Irgendwie sah es total seltsam aus, als bräuchte sie Hilfe, aber da ich mich ja schon mehr als genug fremdschämte, wollte ich den beiden das nicht auch noch antun, da jetzt reinzuplatzen. Mir selbst war es ja auch saupeinlich. Ich konnte aber einfach nicht weg. Wie angewurzelt stand ich da vor diesem Fenster des Trainerbüros und musste wissen, wie es weiterging.

Und es ging weiter. Sie schrie, packte sein Becken, sodass er es nicht mehr kreisen konnte, und machte seltsame Geräusche – wie eine Taubstumme, die etwas sagen will.

Auf einmal schien er zu bemerken, was los war, und seine Pupillen weiteten sich merklich. Jetzt sah ich es auch, da ich langsam aus meiner Schockstarre erwacht und ein paar Schritte weiter zum nächsten Fenster gegangen war. Tatsächlich. Majas Zungenpiercing musste irgendwo festhängen, denn sie streckte die Zunge bis zum Anschlag heraus und schien sie nicht mehr loszukriegen. Meines Wissens gibt es an dieser Stelle nicht viel, worin sich ein Piercing verheddern könnte, und so war mir klar: Maja musste beim Arschlecken mit ihrer Piercingbanane in seinen Haaren hängengeblieben sein. Oh mein Gott! Ich frage mich heute noch, ob es nicht vielleicht auch eine weniger ekelhafte Bezeichnung dafür gibt. Vielleicht so was wie »orales Analverwöhnen« oder so? Ich mag es nicht mal aussprechen.

Und da frage ich mich: Wer macht so was überhaupt? Das ist doch nicht normal. Na ja, zwei Personen kenne ich ja nun persönlich. Zu Christian passt das auch. Dieser Arsch hat eine Frau und drei Kinder und lässt sich nach Feierabend von seiner Kollegin denselben lecken. Einfach ekelhaft. Punkt! Was für eine kranke Welt.

Und Maja? Seit diesem Abend war mir klar, dass der arme Gismo in seinem Leben Dinge gesehen haben muss, die dafür gesorgt haben, dass er ein so gespanntes Verhältnis zu Männern in Majas Schlafzimmer hat. Vielleicht ist es auch Eifersucht, denn wenn sich die Kerle und auch sein eigenes Frauchen verhalten wie Tiere, hat er allemal Grund dazu! Ich muss sagen, da bin ich Oliver für seine moderaten Sexpraktiken beziehungsweise Vorlieben, die er an den Tag gelegt hat, dann doch dankbar.

Na ja, jedenfalls bin ich wieder raus aus dem Studio, auch wenn ich jetzt nicht wusste, wie ich zu Hause reinkommen sollte. Aber alles war besser, als sich das Drama weiter anzugucken und vielleicht noch das Bedürfnis zu verspüren, eingreifen zu müssen. Die Peinlichkeit, eventuell einen Krankenwagen rufen zu müssen, hatten sich die beiden voll verdient. Das Telefon stand jedenfalls in Christians Reichweite, und ich war raus aus der Nummer.

Maja hat mir niemals von diesem Abend erzählt, und ich habe sie auch nie darauf angesprochen. Christian war für mich danach alles, nur keine Respektsperson mehr, und so lustig und nett ich ihn vor diesem schlimmen Erlebnis auch gefunden hatte – es war alles weg.

Jetzt steht er vor mir und rüttelt mich sozusagen aus meinen Gedanken. »Lilly, was machst du denn schon hier? Ärger zu Hause?«, fragt er mich lachend.

»Ja, ganz genau, Christian«, antworte ich, ohne lange nachzudenken. »Oliver lässt sich jetzt den Arsch von einer anderen lecken.«

Er läuft knallrot an und weiß gar nicht, was er sagen soll.

Ich aber rede einfach weiter: »Mir geht es gut, und ich sortiere jetzt mein Leben neu. Es wäre total super, wenn du mal deine Beziehungen und Kontakte spielen lassen könntest, ob es in und um Hamburg nicht ein Studio gibt, das eine gute, motivierte und besonders verschwiegene Mitarbeiterin sucht, die definitiv Geheimnisse für sich behalten kann. So was gibt es ja nicht oft.«

Ich zwinkere ihm zu und schließe die Studiotür auf, damit die Mitglieder endlich aktiv werden können. Es stehen wirklich schon drei Leute vor der Tür, obwohl es erst zehn Minuten vor neun ist. Verrückt, aber was soll's. Das Wetter ist beschissen, und ich bin startklar für den Tag. Also kann ich diese Sportverrückten auch reinlassen.

Kapitel 6

Christian behandelt mich den ganzen Vormittag über recht freundlich, wenn er mir zufällig begegnet, aber im Großen und Ganzen merke ich schon, dass er mir aus dem Weg geht. Ich schätze, diese peinliche Aktion hätte er gerne im Verborgenen gehalten. Na ja, er wird Maja sicher fragen, warum sie es mir erzählt hat. Das wird sie wiederum nicht verstehen und mich darauf ansprechen. Ich werde ihr dann wohl die Wahrheit sagen müssen. Es ist mir ohnehin schwergefallen, dieses lustige Erlebnis für mich zu behalten.

Ich stehe den Tag ganz gut durch, bin sogar recht passabel drauf und mache Scherze mit den Mitgliedern, die mich wirklich gut ablenken. Mich nerven eigentlich nur das bevorstehende Gespräch am Abend und die Konsequenzen, die sich daraus ergeben. Auf keinen Fall möchte ich nach dem Essen mit Oliver nach Hause fahren und dort mit ihm weiterleben, als wäre nichts geschehen. Hoffentlich packt er direkt seine Klamotten und zieht zu ihr, sodass ich in Ruhe alles ordnen kann – mein Leben und meine Zukunft.

Ich muss unbedingt Ben anrufen und ihm sagen, dass ich so schnell wie möglich meine Zelte hier abbreche und zu ihm nach Hamburg komme. Doch erst mal muss ich einen Job finden und sehen, wie ich meine Personaltrainertermine abgeben kann, denn ich bin schon recht lange im Voraus gebucht. Januar und Februar sind ja die beliebtesten Zeiten, um mit dem Sport zu beginnen. Die Studios haben ab dem neuen Jahr immer Hochsaison.

Nachdem Maja ein Probetraining absolviert und einen neuen Trainingsplan für ein Mitglied ausgearbeitet hat, zitiert Christian sie zu sich ins Büro, und ich schätze, dass es jetzt einen Einlauf gibt.

Als sie nach zehn Minuten endlich zu mir an die Theke kommt, hat sie natürlich richtige Dreckslaune und fragt, woher ich das mit dem Nümmerchen im Büro weiß. Christian glaubt ihr nicht, dass sie es mir nicht erzählt hat. Er ist total sauer und vertraut ihr nicht mehr. Ich erkläre ihr kurz, wie es war, dass ich heute noch unter dem Trauma leide, aber momentan echt eigene Probleme an der Backe habe. Maja ist auf hundertachtzig, und wenn ich irgendwann mal gehofft habe, sie würde mit mir über diese Büronummer herzhaft lachen, wurde ich jetzt eines Besseren belehrt. Sie gibt gleich einen Kurs, und als sie Richtung Umkleidekabine geht, knurrt sie in meine Richtung: »Ich muss mich umziehen und werde diesen fetten Hausfrauen jetzt schön in den Arsch treten.« Tja, viel Spaß, Mädels, denke ich mir und bin heilfroh, dass ich gleich nicht unter Majas Teilnehmerinnen bin.

Bevor ich Feierabend mache, gehe ich zu Christian ins versaute Trainerbüro und kläre ihn kurz auf, dass Maja mit meinem Wissen nichts zu tun hat, dass ich es selbst gesehen habe und es mir völlig egal ist, was und mit wem er es treibt. Seine Frau, seine Kinder, sein Gewissen, sein Leben.

Ich bitte ihn noch mal – einfach unter Kollegen, ohne erpresserischen Hintergrund –, sich für mich ins Zeug zu legen, da ich vorhabe, Göttingen zu verlassen und nach Hamburg zu gehen. Doch da ich ohnehin noch vieles zu klären habe, werde ich hier nicht einfach alles stehen und liegen lassen, sondern auf einen Ersatz warten, sodass er nicht von heute auf morgen auf eine Mitarbeiterin verzichten muss. Es wäre unheimlich toll, wenn er mich vielleicht sogar an ein Partnerstudio von uns vermitteln könnte. Und wenn es nur ein Aushilfsjob ist, aber das wäre schon mal ein Anfang.

Ich mache mir sowieso keine Sorgen, in Hamburg allein mit Personaltraining und Ernährungsberatung nicht überleben zu können. Das Geld sitzt dort einfach lockerer, und die Leute mit Geld investieren auch in ihr Äußeres. Aber die Mietpreise da sind echt heftig, und bisher habe ich mir ja alles mit Oliver geteilt. Es wird also nicht leicht, aber ich versuche, die Sache positiv zu sehen. Oh Gott, mir wird trotzdem schlecht, wenn ich daran denke. Aber irgendwie freue ich mich auch und kriege Bauchkribbeln bei dem Gedanken, dass ich jetzt völlig neu anfange.

Dann aber schwindet das kribbelige, wohlige Gefühl, dafür wird mir kotzübel, denn ich muss ja noch ein Gespräch hinter mich bringen. Die letzten Male, wenn Oliver mich zum Italiener eingeladen hat, hatte ich Angst, einen Heiratsantrag zu bekommen, und jetzt besprechen wir unsere Trennung. Irgendwie ähnlich beschissen vom Bauchgefühl her, aber ich bin darauf vorbereitet, und dieser Grund gefällt mir besser als der andere. Also ab nach Hause, duschen, aufbrezeln – man will ja zeigen, was der Herr so gehen lässt – und ab ins *La Romantica*. Der Name wird diesmal nicht Programm sein, denn es wird ein »Es ist aus, wie geht es weiter-Date«.

Kapitel 7

Oliver kommt direkt aus der Kanzlei ins Restaurant und sieht dementsprechend müde und gestresst aus. Ich hingegen wirke frisch und bombastisch, würde ich mal sagen, ohne arrogant sein zu wollen. Aber ich habe mir echt Mühe gegeben, und ich denke, das sieht man auch. Was so ein bisschen Schminke doch ausmacht. Schon krass, wie man Augenringe einfach wegbekommt. Ich hatte mir kurz ein YouTube-Video angeguckt, in dem eine wirklich süße Maus ganz vorbildlich gezeigt hat, wie man das am besten macht. Und ich konnte direkt mitmachen. Ich liebe das Internet.

Männer haben da wirklich einen Nachteil. Wenn die eine aschfahle Haut haben, Ringe unter den Augen, Pickel oder Unreinheiten, sind die doch echt am Arsch.

Womit wir wieder bei Oliver wären, der in einem Nebensatz feststellt, dass ich sehr hübsch aussehen würde. Das freut mich insgeheim, denn es war ja auch der Plan. Eine Skinny Jeans mit einer hübschen Tunika, die einen ordentlichen Ausschnitt hat, einen langen Mantel drüber und hohe Stiefel. Elegant und sexy, genau wie er es mag.

Klar, ich persönlich hätte lieber meine Boyfriend Jeans mit Booties und Rollkragenpullover angezogen, aber die fand er immer mega unsexy. Ständig hat er mich kritisiert und sich darüber lustig gemacht, wie man freiwillig eine Hose tragen kann, bei der der Schritt und somit auch der Hintern in den Kniekehlen hängt. Vielleicht hätte ich die Kritik ernster nehmen sollen, aber dafür ist es jetzt eh zu spät. Und ich trage nun mal lieber bequemer und cool als fraulich und schick.

Ich bin ohnehin der Meinung, dass wir Frauen uns eher für andere Frauen anziehen und stylen. Denn nur wir können lang überlegte und zigmal probierte Kombinationen, Farbenspiele und Details erkennen und würdigen. Für Männer braucht man sich nicht wirklich ins Zeug legen, denn diese sind zum Teil recht anspruchslos. Hauptsache figurbetont und hohe Hacken. Die wenigsten Männer können doch eine KiK-Tasche von einer Prada unterscheiden. Also eigentlich klar, wir Frauen stylen uns für Frauen.

Oliver und ich reden kurz über den Tag, wie es war und so, als hätten wir gar nichts wirklich Wichtiges zu besprechen. Aber vor der Bestellung damit anzufangen, macht auch keinen Sinn, da der Kellner ja sowieso noch ein paarmal stört.

Nachdem wir nun bestellt haben und unsere Getränke vor uns stehen, geht es los.

Oliver räuspert sich. »Lilly, es tut mir sehr leid, wie das alles gekommen ist, aber ich hatte nie vor, dich zu verletzen.« Bla, bla, bla, denke ich mir, und er spricht schon weiter. »Ich hatte aber auch das Gefühl, dass du dich nicht mehr wirklich für mich interessiert hast, geschweige denn mit mir zusammenleben wolltest, vielleicht auch viel glücklicher ohne mich wärst. Sicher hätte es früher, ehrlicher und ohne diesen Seitensprung eine Trennung zwischen uns geben sollen, nicht auf diese Art und Weise.« Aha, denke ich mir, hat er das mittlerweile auch begriffen? Doch ich lasse ihn weitererzählen. »Aber ich habe dich unheimlich lieb, Lilly. Du bist so ein fröhlicher und liebenswerter Mensch und hast mir immer gutgetan. Ich war gern mit dir zusammen, aber wir haben uns einfach voneinander entfernt. Erst habe ich nur meinen sexuellen Bedürfnissen nachgegeben, aber mittlerweile ist da mehr, und Sofias Schwangerschaft ist jetzt der entscheidende Punkt, um einen klaren Strich zu ziehen.«

Ich muss sagen, ich lasse ihn für meine Verhältnisse echt lange reden. Das liegt aber daran, dass ich mit den Tränen kämpfe, einen totalen Kloß im Hals habe und nicht in der Lage bin zu sprechen. Mario Barth würde mir den Tipp geben: »Janz wichtig: Fresse halten angesagt!« Manchmal sollte man das wirklich tun. Oliver wundert das bestimmt, aber es macht auch einen guten Eindruck, da er sicher gedacht hat, dass ich ausflippen und laut werden könnte. Aber nein, ich bin lammfromm. Das liegt auch sicher daran, dass ich gerade mit meinen Gedanken beschäftigt bin.

Es ist also raus. Die andere ist Sofia, diese blöde Anwaltsbratze aus seiner Kanzlei. Ich habe sie ein paarmal gesehen, und sie wirkte immer megaunsympathisch, total kühl und hochnäsig. Jetzt weiß ich natürlich, warum. Sie müsste auch etwas älter sein als Oliver. Eine richtige

Juraschnalle. Kostümchen, Pumps, Haare korrekt gelegt und fiese Brille. Nicht gerade hässlich, und ich glaube zumindest, dass ich mir beim letzten Mal gedacht habe, die könnte doch was aus sich machen. Doch so richtig habe ich sie eigentlich nie angesehen, denn ich hätte nie im Leben gedacht, dass dieser verkniffene »Fräulein Rottenmeier-Verschnitt« eine Konkurrenz für mich sein könnte.

Da sieht man mal, wie sehr man so was unterschätzen kann. Wie so eine gemeinsame Leidenschaft – in diesem Fall beruflich – verbinden kann. Tägliches Zusammensein, Probleme bewältigen, Besprechungen, essen gehen und so weiter. Dieses intensive Miteinander schweißt zusammen. Im Studio habe ich ja viele Trennungen miterlebt und gesehen, wie sich dann Gleichgesinnte durch ihre Leidenschaft Sport schlussendlich gefunden haben. Na ja, eigentlich haben die sich erst gefunden und dann von ihren Partnern getrennt. So wie jetzt bei mir. Step zwei vor Step eins. Ich glaube, das läuft nun mal so.

Oliver ist jetzt mit seinem Plädoyer fertig und sieht mich fragend an. Irgendwie war ich ja in meinen Gedanken versunken und habe den Rest gar nicht mehr so richtig mitbekommen. Ich bin jedenfalls froh, dass es »Fräulein Rottenmeier« ist und nicht eine Frau, die ich toll finde. Zwar ändert das an der Sache nichts, aber es geht mir besser dabei. Ich habe nicht gegen eine Kuh verloren, die netter und hübscher ist als ich, sondern einfach besser in sein Leben passt. Damit kann ich leben.

»Du hast mit allem Recht«, antworte ich schließlich. »Ich hatte ja auch schon über eine Trennung nachgedacht. Aber ich finde es einfach sauberer und fairer, wenn man das tut, ohne nebenbei fremdzuvögeln und sich schon ein zweites Standbein aufzubauen, sodass man jetzt schon dem anderen ein paar Schritte voraus ist. Wahrscheinlich hast du auch bereits einen Plan, da du ja schon länger weißt, dass sich was ändern wird.« Und zu meiner Verwunderung füge ich hinzu: »Ich freue mich für dich, dass du Papa wirst, denn ich wäre dazu wohl nie bereit gewesen und hätte dir diesen Wunsch nicht erfüllen können.«

Oliver fallen nun beinahe die Augen aus dem Kopf. Er kann scheinbar gar nicht glauben, dass ich so entspannt reagiere.

Da er nichts sagt, frage ich ihn, wie sein Plan aussieht und ob er jetzt direkt zu ihr zieht. »Weißt du, ich will keinen Streit und bin froh, dass es jetzt raus ist. Aber ich möchte auch nicht mehr mit dir unter einem Dach wohnen. Es sollte jetzt wirklich ein Schlussstrich gezogen werden.«

Und nun kommt der Teil, der eigentlich ein böser Traum sein muss. Oliver hätte sich die nachfolgenden Sätze sparen und mir stattdessen direkt mit Anlauf in den Allerwertesten treten können, das wäre weniger schmerzhaft gewesen. Ich muss so kumpelhaft rübergekommen sein, dass er jetzt vollkommen locker wird und wohl denkt, er kann mir wirklich alles erzählen.

Die bevorstehende Hochzeit mit der schwangeren Braut und dem Kumpel, bei dessen Junggesellenabschied er in Hamburg war – ja genau, das war sein eigener Junggesellenabschied! Fehlt nur noch, dass er mich fragt, ob ich seine Trauzeugin werden möchte. So ein verlogener Drecksack!

Jetzt ist Schluss mit verständnisvoll und Freunde bleiben. Ich bin so was von verletzt und hätte wirklich lieber eine Backpfeife kassiert, denn die tut nach ein paar Tagen nicht mehr weh. Und jetzt habe ich den Beweis, dass meine Menschenkenntnis absolut nichts wert ist. Ich bin so was von enttäuscht und weiß nicht, ob ich jemals wieder einem Menschen trauen werde.

»Morgen werde ich die Kündigung für die Wohnung abschicken«, höre ich ihn jetzt sagen. »Natürlich werde ich für die drei Monate Kündigungsfrist meinen Anteil an der Miete weiterzahlen. Ich hoffe, dass du in dieser Zeit etwas Neues findest. Ich selbst werde direkt zu Sofia ziehen.«

Das war's für mich. In Zeitlupentempo stehe ich auf, da ich erst noch nachdenken muss, was ich ihm antworte. Ich versuche, absolut ruhig zu wirken, als ich schließlich entgegne: »Das ist für mich okay. Du kannst morgen dein Zeug holen, wenn ich im Studio bin. Leg deine Schlüssel beim Rausgehen bitte auf den Tisch. Ich werde mich um einen schnellen Auszug bemühen und wünsche dir, dass du niemals so einen derben Arschtritt bekommst, wie du ihn mir gerade verpasst hast.«

Als ich erhobenen Hauptes davonmarschieren will, überlege ich, dass ich ihm eigentlich noch mein Glas Rotwein ins Gesicht schütten sollte, so wie es die betrogenen Frauen im Fernsehen immer machen. Ich finde die Idee richtig gut, drehe mich noch einmal zu Oliver um und tue es einfach.

Gerade als ich nach der Weinglasaktion einen richtig coolen Abgang hinlegen will, kommt der Kellner mit unserem Essen um die Ecke. Leider bemerke ich ihn nicht rechtzeitig, sodass wir frontal zusammenknallen. Die Pizza rutscht nur vom Teller, aber meine Spaghetti fliegen direkt über Olivers Kopf und bleiben dort teilweise schön über seinen Ohren hängen. Die Tomatensoße bedeckt seinen gräulichen Teint, und er tritt genauso hollywoodlike aus meinem Leben, wie er hineinmarschiert ist.

»Yes! Drama, Baby!«, höre ich Bruce Darnell rufen und klatschen.

Zu Hause angekommen knurrt mein Magen, denn mein Abendbrot hängt ja nun an Olivers Ohren. Da der Kühlschrank irgendwie nichts hergibt und es mittlerweile schon 19.30 Uhr ist, bleibt mir nur der Bringdienst. Mit Italienisch bin ich für heute durch, also Chinesisch.

Mist, der Mindestbestellwert, bei dem geliefert wird, liegt bei 14,90 Euro. Gut, kriegen wir hin, ich nehme einfach zwei Gerichte und friere eines ein. Nachdem ich sie mir ausgesucht habe, merke ich, dass chinesisches Essen echt günstig ist. Man sollte öfter da bestellen. Ein Gericht für 5,50 Euro. Das gibt's ja gar nicht. Warum koche ich überhaupt noch selbst? Aber auch blöd, denn jetzt bin ich bei 11 Euro. Ein Salat, was auch immer das sein soll, kostet 2,50 Euro. Dann fehlt immer noch was. Zehn kleine Frühlingsrollen, ja, die mag ich. Kosten 1,99 Euro. Passt!

Da es jetzt knapp mit der Lieferung und einem ausgedehnten Bad wird, ziehe ich es vor, nur kurz zu duschen. Diese ganze Schminke muss runter.

Eine Viertelstunde später klingelt es auch schon, und ich werfe mir einen Bademantel über. Die sind aber auch echt flink, die Chinesen. Doch der Auslieferer ist jedenfalls weder Chinese noch überhaupt ein Asiat. Er guckt mich an, als würde er denken, dass ich ihn anmachen will, und zieht die Brauen hoch. Ob er voller Hoffnung steckt oder Angst vor mir hat, kann ich nicht deuten. Ich drücke ihm schnell das Geld in die Hand, bedanke mich, lasse ihn samt der frostigen Temperaturen draußen vor der Tür und eile aufs Sofa.

Von den Frühlingsrollen über Curryhuhn bis hin zum Rind in irgendwas mit Zwiebeln schmeckt alles ganz lecker. Aber das Rindfleisch ... na ja, ich bin mir nicht sicher, ob das Rind ist, aber ich möchte definitiv auch nicht wissen, was es wirklich ist. Die Konsistenz des Fleisches ist jedenfalls merkwürdig. Alles in allem war das Essen aber gut, ich bin satt und glücklich, um einschlafen zu können.

Kapitel 8

Am nächsten Morgen öffne ich die Augen und bin relativ ausgeglichen. Ich habe auch wirklich verhältnismäßig gut geschlafen. Zwar kann ich immer noch nicht glauben, was Oliver mir da gestern gesagt hat, aber ich bin heilfroh, dass alles so gekommen ist. Nicht über die Art und Weise, aber scheiß drauf, es ist vorbei. Ich kann machen, was ich will, und ich will nach Hamburg zu meinem Bruder Ben.

Die Hamburgerinnen konnten sich jedenfalls glücklich schätzen, als Ben damals nach Hamburg gezogen ist. Mein kleiner Bruder und bester Freund. Klein aber nur, was das Alter betrifft, denn er ist vier Jahre jünger als ich. Bis Oliver ihn abgelöst hatte, war er der wichtigste Mann in meinem Leben.

Was seine Berufswahl angeht, kommt er ganz nach unserer Mutter, denn dieser sozial angehauchte Kerl mit Helfersyndrom ist Krankenpfleger mit Herz und Seele. Sein großer, durchtrainierter Körper lässt die Frauen reihenweise umfallen beziehungsweise nicht wieder aufstehen, wenn sie erst mal auf seiner Station liegen. Ich habe es immer wieder selbst erlebt: Er ist der Typ Mann, der einen Raum betritt, und die Sonne geht auf. Ein Mann mit Charme und Witz, stahlblauen Augen und Dreitagebart – kurz, ein nordischer David-Beckham-Typ. Er ist schon echt ein Burner, um es mal mit den Worten von Carmen Geiss auf den Punkt zu bringen.

Aber wollen wir die Lorbeeren nicht zu hoch hängen, denn der Kreis der Mädels, die er in seinem Spinnennetz einfängt, ist schon recht überschaubar. Nicht der Typ Frau ab dreißig, die mit beiden Beinen im Leben steht, sondern eher weit U 30, eher Anfang zwanzig mit körperlichen Vorzügen, weniger kopflastig und leicht beeinflussbar, nennen wir es mal naiv.

Ben ist in den Krankenschwesternwohnheimen doch recht bekannt. Das stört ihn aber nicht, schließlich möchte er sich austoben, bevor der Ernst des Lebens beginnt. Meinen Segen hat er! Die Natur wollte es eben nun mal so, dass er genau diese Art von Frauen mag, was ich aber darauf zurückführe, dass die andere Kategorie von Frau einfach sehr viel mehr Aufwand benötigt, um sie für seine Zwecke zu »gebrauchen«. Manipulieren oder benutzen hört sich irgendwie fies an. Eine Interaktion benötigt ja immer mehrere Personen, und alle Beteiligten sind sich darüber im Klaren, was sie tun.

Ben macht gerne Frauenkram, er geht shoppen, ins Spa, liest die *Gala* und die *Instyle*, und wenn ich es nicht besser wüsste, wäre er wirklich ein toller schwuler Freund. Da er sexuell gesehen aber alles andere als homo ist, würde ich ihn in unserer modernen Ausdrucksweise mal als metrosexuell bezeichnen. Ein absoluter Frauenversteher mit Herz und System. Wenn man sich in der physischen und psychischen Anatomie auskennt, scheint das doch den einen oder anderen Vorteil mit sich zu bringen.

Fassen wir also zusammen: Mit seinem guten Aussehen, der gesellschaftlichen Anerkennung, vielen, sehr vielen vollbusigen weiblichen Bekannten und einem Beruf, der ihn erfüllt und wirklich bereichert, fehlte ihm immer nur der Job, der richtig viel Kohle bringt. Also eher ein Job, der auf die kommenden Jahre gesehen mal etwas finanzielle Absicherung verspricht. Denn bisher reichte ihm das Geld maximal bis zum Ende des Monats, aber nicht, um sich irgendwas auf die Seite zu legen.

Ben sind Statussymbole wie Autos und Klamotten nicht wirklich wichtig, daher ist er im Großen und Ganzen ein zufriedener Mensch. Da ich ihn sozusagen mit aufgezogen habe, während unsere Eltern arbeiteten, orientierte er sich natürlich in vielen Dingen an mir und ist unbewusst auch eher ein Mädchen geworden, was seine Interessen angeht – eben nur mit Penis.

Zu der Zeit, als ich Oliver kennenlernte, konnte Ben eine Stelle als Lehrer an einer Krankenpflegeschule ergattern, auf die er seit seiner Ausbildung extrem hingearbeitet hatte. Und ich gönnte es ihm von Herzen. Der Nachteil für mich war aber die Entfernung. Warum gleich Hamburg – zweihundertfünfzig Kilometer von mir weg? Warum konnte er nicht in Göttingen was bekommen? Das Klinikimperium dort war doch wirklich groß genug. Andererseits war Hamburg aber auch ein Traum, und es konnte eigentlich nicht besser für ihn laufen. Ich schätze, die süßen angehenden Krankenschwestern können sicherlich eine gute praxisorientierte Ausbildung aufweisen, wenn er mit ihnen fertig ist.

Man sagt ja, wenn sich eine Tür schließt, geht irgendwo eine andere auf. Und diese führte mich direkt zu Oliver und gab mir wieder Hoffnung, dass das Leben vielleicht doch einen Plan verfolgt und gar nicht so unfair ist. Ben verschwand also, und die Lücke musste gestopft werden. Oliver hat diesen Part vorbildlich in die Tat umgesetzt und mich von meiner Sehnsucht nach meinem kleinen Bruder wirklich gut abgelenkt. Bis heute, denn nun ist es Zeit, eine weitere Tür zu öffnen.

Ich nehme mein Smartphone und schicke Ben eine Nachricht, dass ich dringend mit ihm sprechen muss. Seltsamerweise antwortet er direkt mit einem Rückruf. Es passt mir zwar gerade nicht so richtig, da ich mich noch fürs Studio fertig machen muss, aber ich bin auch total aufgeregt, wie er wohl auf die Neuigkeit reagieren wird.

»Schwesterchen, deine Nachricht hört sich ja spannend an. Was geht ab in Göttingen?«

Ich erzähle ihm in ein paar Sätzen, was passiert ist und dass ich nach Hamburg ziehen will. Bestimmt habe ich fünf Minuten gesprochen, bis ich Luft hole und ihn frage, wie er das findet.

Er antwortet aber überhaupt nicht. Okay, er freut sich wahrscheinlich so sehr, dass es ihm die Sprache verschlagen hat.

»Freust du dich?«, will ich schließlich wissen.

»Ja, ja, doch, doch«, antwortet er etwas irritiert. »Geht es dir gut, Lilly? Was du da gerade erzählt hast, klingt ja echt mies. Das hätte ich Oliver gar nicht zugetraut.«

»Ach Ben, das ist mir jetzt egal, ich bin froh, dass es vorbei ist. Ich habe so Bock auf Hamburg, auf dich und ein neues berufliches Umfeld. Wann kann ich denn bei dir einziehen?«, frage ich und lache dabei. »Ich suche mir dann natürlich auf die Dauer etwas Eigenes, keine Angst.«

»Wenn ich nächste Woche über Weihnachten zu dir komme, können wir das in Ruhe besprechen. Bis dahin überlege ich mir was.«

Scheinbar ist er jetzt etwas überrumpelt und stellt es sich wohl doch etwas eng vor in seiner Zweizimmerbude. Besonders da – wie er jetzt zugibt – er gerade so eine echt versaute Maus an der Angel hat, die immer gerne für ein Nümmerchen rumkommt. Und da sie einen Mann zu Hause hat, geht das nur bei Ben.

Als ich keine Reaktion zeige, wirft er gleich hinterher: »Aber das ist natürlich nicht so wichtig, Familie geht vor. Wenn du übergangsmäßig bei mir wohnen willst, ist das machbar. Du musst halt im Wohnzimmer bleiben, wenn sie kommt. Ich habe damit kein Problem, dass du uns hörst.«

Oh super, das ist genau das neue Leben, das ich im Sinn hatte. Den wechselnden Betthäschen meines Bruders beim Bumsen zuzuhören! Dem ist das auch echt egal, ob jemand nebenan pennt. Auch möchte ich mir nicht ausmalen, was für eine Menge an Körperflüssigkeiten schon durch seine Wohnung und über dieses Sofa geflossen ist.

Meine Euphorie lässt jetzt etwas nach. Mal ab und zu ein Wochenende bei Ben in dessen Bumstempel war ja schon okay, aber da jetzt mit drin wohnen?

»Gut, dann lass uns nächste Woche darüber sprechen«, sage ich. »Wann kommst du denn?«

Kapitel 9

Am 22. Dezember stehe ich am Bahnhof, um Ben in Empfang zu nehmen. Als er aus dem Zug steigt, sieht er wie immer gut aus. Irgendwie beneide ich die Männer, die stets gut aussehen, ohne dass sie YouTube-Videos angucken müssen, um zu wissen, wie sie sich hübsch schminken.

Wir nehmen uns in die Arme und gehen so auch zum Auto. Es tut gut, ihn bei mir zu haben. Es schneit, und der Bahnhof sieht total romantisch aus. Die Dunkelheit in Kombination mit dem Schein der Lampen, in dem die Schneeflocken tanzen, macht mich sentimental. Der Schnee bleibt endlich liegen, und das wäre jetzt eigentlich der perfekte Rahmen für ein Pärchen, das sich lange nicht gesehen hat, um in die Idylle des Winters einzutauchen und sich auf eine schöne Weihnachtswoche zu freuen.

Tja, leider ist der Typ da neben mir mein Bruder. Es ist niemand da, mit dem ich romantische Weihnachten genießen werde. Dazu habe ich am ersten Weihnachtsfeiertag noch Schicht im Studio, weil die bescheuerten Sportfreaks ja nicht mal am Fest der Liebe ihr schlechtes Gewissen beiseiteschieben können. Als wenn der ganze

Alkohol und die Völlerei mit einer Stunde Crosstrainer vergessen wären. Aber was soll's, ich habe Christian gesagt, dass ich noch bis Mitte Januar bleibe, denn dann hat er eine Ersatzkraft für mich. Das ging wirklich schnell, also bin ich anscheinend auch in diesem Bereich ersetzbar. Aber auch egal. Eigentlich kann ich froh sein.

Zum 1. Februar hat Christian mir in einem Partnerstudio in Hamburg-Eppendorf eine Teilzeitstelle besorgt. Das ist nicht weit von Winterhude, wo Ben wohnt, und daher perfekt für mich. Da kann ich mit dem Fahrrad hinfahren. Ich hätte Christian knutschen können, dass er so schnell etwas für mich gefunden hat. Wahrscheinlich wollte er mich aber auch nur rasch loswerden, da ich doch mehr über ihn weiß, als ihm lieb ist. Doch das soll mir gleich sein. Das Trauma, das er mir beschert hat, hat sich im Nachhinein doch relativ gut bezahlt gemacht.

Für heute habe ich meine Schuldigkeit getan und bin mit der Arbeit fertig. Also frage ich Ben, ob wir noch auf dem Weihnachtsmarkt eine Wurst und einen Glühwein nehmen, oder ob er lieber nach Hause aufs Sofa will, und wir bestellen was beim Chinamann. Den Mindestbestellwert bekommen wir zu zweit ja locker zusammen. Wir könnten natürlich auch noch was einkaufen und selbst köcheln.

Ben findet die Idee mit dem Weihnachtsmarkt spitze. Ein paar alte Bekannte zu treffen und die verschiedenen Weihnachtsdüfte zu schnuppern, sei genau der richtige Start in eine entspannte Weihnachtswoche. Ich sage doch immer, dass irgendwie ein Weib in ihm steckt.

Wir bringen seine Sachen ins Auto und gehen zu Fuß in die Innenstadt. Der Wagen steht gut am Bahnhof, und ab achtzehn Uhr braucht man auch kein Parkticket mehr. Das passt.

Auf dem Weg dahin erzähle ich ihm die Neuigkeiten, was Hamburg betrifft. Er meint, er habe sich nun auch einige Gedanken gemacht. Es sei auch absolut kein Problem, wenn ich erst mal bei ihm unterkommen will, und er freue sich sehr darauf, dass wir bald wieder vereint sind. Aber wir sollten überlegen, uns etwas Größeres zu suchen, entweder zusammen als WG oder wirklich eine Bude für mich alleine.

Das ist mir vollkommen klar, auf Dauer geht das nicht bei ihm, und ohne Balkon oder Gartenanteil drehe ich durch, das weiß ich jetzt schon. Doch Hamburg ist nicht Göttingen, und dort eine bezahlbare Wohnung zu finden, ist kein Spaziergang, dessen bin ich mir bewusst. Neulich habe ich schon mal bei *Immonet* und anderen Immobilienportalen geguckt, und ich bin mir sicher, dass das ein schwieriges Unterfangen wird. Doch es ist so spannend und aufregend, darüber zu reden und nachzudenken, dass ich es kaum erwarten kann. Wow, in gut drei Wochen bin ich hier weg, ich kann es kaum glauben!

Etwa zwei Stunden später, nach zwei Currywürsten und fünf Gläsern Glühwein mit Schuss, lallt Ben nur noch, und wir treten den Rückweg an. Ich habe mir eine Pilzpfanne mit Brot und drei heiße Apfelsäfte gegönnt, davon einen mit einem Schuss Amaretto. Köstlich das

Zeug. Sollte ich mir zu Hause auf dem Sofa auch öfter mal gönnen.

Ich habe Ben ein Zimmer hergerichtet und bringe ihn auch direkt ins Bett. Er hat im Auto schon geschlafen, und mit ihm war wirklich nichts mehr anzufangen. Ich lege mich auch ins Bett und gucke da noch etwas fern. Ach, bin ich froh, dass Ben dieses Jahr über Weihnachten bei mir ist. Sonst schläft er eigentlich immer bei meinen Eltern, aber jetzt wo Oliver weg ist, habe ich Platz und kann mich schon mal an ein Zusammenleben mit dem Aufreißer gewöhnen. Wie in alten Zeiten, als ich mir in unserem Elternhaus die obere Etage mit Ben geteilt habe. Mann, waren das lustige Zeiten.

Oliver staunte nicht schlecht, als ich ihn anrief und ihm von meinen Hamburg-Plänen erzählte. Wahrscheinlich hätte er nicht gedacht, dass ich das so schnell auf die Reihe kriege. Ich habe ihm gesagt, dass ich Mitte Januar ausziehe, ihm die Schlüssel in den Kanzlei-Briefkasten werfe und er schon mal einen Nachmieter suchen kann. Meinen Mietanteil werde ich definitiv nicht mehr bezahlen können, und wenn ihm das nicht passt, muss er es einklagen. Dann habe ich ihm noch ein schönes Leben gewünscht und aufgelegt. Seitdem habe ich nichts mehr von ihm gehört, was völlig okay für mich ist. Ich schätze auch, dass dieser Arsch sich mitten im Hochzeitsstress befindet und für so kleine Problemchen wie mich gar keine Zeit hat.

Kapitel 10

Es ist Heiligabend. Ben und ich gehen in die Stadt frühstücken, noch ein paar Sachen erledigen, und dann fahren wir zu meinen Eltern. Irgendwie auch mal total entspannend, wenn man eingeladen ist und nicht in der Küche rumstehen muss. Ehrlich gesagt habe ich das zwar immer gerne gemacht, da es irgendwie zu Weihnachten dazugehört, aber dieses Jahr bin ich nicht in der Stimmung dafür, und daher ist es auch okay.

Vor ein paar Jahren habe ich sogar das erste Mal versucht, Plätzchen zu backen, da ich die Dinger liebe und nicht genug davon kriegen kann. Nirgendwo schmecken die Teile so lecker wie die Selbstgemachten. Und da ich keine Großeltern mehr habe oder eine nette ältere Nachbarin, die mir so was backen könnte, musste ich selbst ran. Es war eine Katastrophe. Nach zehn Minuten hat der Ofen gebrannt, genauer gesagt die Kekse, und ich habe nie die richtige Konsistenz hinbekommen. Entweder waren die Dreckstelle zu hart oder zu weich.

Seitdem bestelle ich meine Weihnachtskekse bei eBay. Da haben nämlich ein paar Backmäuse mitbekommen, dass es Leute gibt, die genauso wenig backen können wie ich, und verdienen sich damit ein paar Weihnachtstaler. Das finde ich auch völlig in Ordnung, denn ich habe damals nicht mal diese ganz einfachen Teigkekse hinbekommen, und diese eBay-Bäcker zaubern da wirklich super leckere und aufwendige Kreationen.

Jedenfalls habe ich dieses Jahr vergessen, mir welche zu bestellen, da ich in der letzten Zeit doch irgendwie zu viele andere Dinge im Kopf hatte. Doch das bereue ich jetzt. Weihnachten ohne Partner ist schon kacke, aber ohne Kekse ist es die Hölle.

Gegen dreiundzwanzig Uhr fahren Ben und ich wieder nach Hause. Mein Vater als alter Kathole möchte zur Christmette. Mein ehemaliger Professor zu Studienzeiten würde jetzt bei dem Begriff *Kathole* tot umfallen, denn als ich ihn mal im Seminar benutzt habe, kam er nicht so gut an.

Nach dem Abitur hatte ich nämlich eigentlich vor, Lehrerin zu werden. Das fand zumindest mein Vater, der selbst auch Lehrer war, super – wie sollte es auch anders sein? »Mädchen, das ist ein Traumjob«, hat er mir vorgeschwärmt. »Labern kannst du, Sport macht dir so viel Freude, und deine soziale Ader ist doch auch sehr ausgeprägt.« So weit, so gut. Aber da war noch ein klitzekleines Problem: das zweite Fach, das man für so ein Studium brauchte, um es zum Abschluss zu bringen.

Da kam wiederum mein Vater ins Spiel – und seine christliche Vergangenheit, die ich bis dahin allerdings überhaupt noch nicht gekannt hatte. Und so hatte er die beste Idee des Jahrhunderts: Mein Zweitfach solle doch katholische Religionslehre werden. Die späteren Einstellungschancen seien ausgezeichnet, da die katholische Kirche auf fachlich explizit qualifizierten Lehrern und getrenntem Unterricht bestehe. Somit seien die Klassen schön klein, da weder evangelische noch muslimische Kinder am Unterricht teilnehmen dürfen. Und machen wir uns nichts vor, da bleiben ja dann kaum noch Schüler übrig. Zufälligerweise war ich ja auch katholisch, jedenfalls laut Stammbuch, wo es schriftlich festgehalten war. Aber seine Worte »fachlich qualifiziert« hatte mein Vater anscheinend irgendwie nicht so wirklich überdacht.

Gut, ich bin katholisch, zumindest war ich es zu diesem Zeitpunkt noch. Später im Arbeitsleben habe ich dann allerdings eingesehen, dass die Kirchensteuer doch wirklich unverschämt hoch ist, dafür, dass ich sonntags Besseres zu tun habe. Wofür die Kohle der Steuerzahler dann ausgegeben wird, ist ja nun hinreichend bekannt. Also einen Limburger Wellnesstempel zu finanzieren, ging mir dann doch zu weit.

Jedenfalls war es schon eine komische Idee, Religion zu studieren, denn meine Konfession laut Stammbuch war wirklich das Einzige, das mich für dieses Studienfach qualifizierte. Und was die guten Einstellungschancen anging, so vermutete ich, dass keine Sau so was studieren wollte. Hörte sich ja auch nicht wirklich nach Party an, und ich fragte mich, ob wohl in diesem Fachbereich Kutten oder Nonnenuniformen getragen werden müssen.

Von einer Faschingsparty hatte ich noch ein Nonnenkostüm im Keller. Darin hatte mein damaliger

Freund mich nicht erkannt und mich ganz schön angebaggert, weil er mich so »heiß« fand – daher ist er jetzt ja auch mein Exfreund. Aber es stand mir auf jeden Fall ganz gut, somit wäre eine Uniform nicht das Problem gewesen – aber nur, wenn ich meine Augen auch schön smokey betont hätte. Okay, ich schweife ab!

So absurd diese Religionsgeschichte auch war, aber bei der Wahl des Zweitfachs kam ich in echte Schwierigkeiten. Germanistik war mir zu schwierig, die deutsche Grammatik hat es ja in sich. Mathematik hatte ich in der zwölften Klasse mit einem Ehrenpunkt – der Lehrer nannte ihn Anwesenheitspunkt – abgewählt. Naturwissenschaften lagen mir also auch gar nicht, Geographie braucht dank der Navigationssysteme heute keiner mehr, und musikalisch und künstlerisch hatte ich nun mal gar nichts auf dem Kasten. Das hat mir die Blockflötennummer in der Grundschule versaut, und außer dem Haus vom Nikolaus kann ich rein gar nichts zeichnen. Ich male schlechter als ein zweijähriges Kind! Den Fremdsprachentrend hatte ich irgendwie auch verpennt, und nach dem Abitur erst mal ins Ausland zu gehen, war ohnehin nicht so meines. Ich war doch ein Dorfkind und nicht für *Mein Auslandstagebuch*, *Goodbye Deutschland* oder so was gemacht. Ich war ein absoluter Angsthase, was das Erkunden der großen, weiten Welt anging. Bloß nicht weg von daheim!

Tja, aber in Religion hatte ich in der Schulzeit immer eine Eins, gut, manchmal auch eine Zwei. Somit konnte das vielleicht wirklich klappen. Bla, bla, bla über soziale Problemchen und so weiter – das würde ich packen, keine Frage. Beim Diskutieren über Werte und Normen war ich immer gut gewesen. Wieso gab es da überhaupt einen Studiengang, und wieso belegte den keiner? Egal, ich war überzeugt davon, dass das etwas für mich war, schon allein deshalb, weil es mir definitiv an Alternativen fehlte.

Blieb noch die Frage der Schulstufe. Grundschullehramt ging gar nicht, weil ich mit Kindern nicht wirklich kann und überhaupt nur lachende, freundliche Exemplare in meinem Umfeld akzeptiere. Da diese Spezies aber leider recht rar geworden ist, die Kinder irgendwie immer anstrengender werden und die Lehrer neben dem fachlichen mittlerweile auch den erzieherischen Aspekt mit übernehmen sollen, kam diese Schulstufe nicht wirklich für mich infrage. Außerdem verlangte sie auch noch ein drittes Studienfach, und da hörte es echt auf, was meine Entscheidungsfreudigkeit anging. Ich konnte unmöglich noch ein drittes Fach für mich auslosen!

Das Gymnasiallehramt war die nächste Überlegung, schien mir aber dann doch zu heikel. Irgendwann wäre wohl rausgekommen, dass ich fachlich nicht ganz so kompetent war, wie es das Fach vorsah. Und bei Klugscheißern, die wissen, was sie wollen, würde ich doch anecken, das befürchtete ich jedenfalls.

Also entschied ich mich für die goldene Mitte. Haupt- und Realschullehramt, das konnte vielleicht funktionieren. Pubertierende Teenager, die planlos in der Gegend herumliefen, waren mir jedenfalls sympathisch und gehörten doch eher zu meiner Zielgruppe. Die hatten sicherlich wenig Interesse an fachlicher

Kompetenz. Außerdem brauchte ich da auch nur zwei Hauptfächer. Perfekt. Leider funktionierte diese Konstellation nur in Hessen, also konnte ich mich nicht in meinem Heimatort Göttingen immatrikulieren. Aber das sollte kein Problem darstellen.

Meine Berufswahl war somit beschlossene Sache. Ich wurde Lehrerin für Sport und katholische Religion an Haupt- und Realschulen. Super! Hörte sich doch auch wichtig und nach wenig Arbeit an. Also sollte eine aufregende Zeit als Studentin beginnen.

Machen wir es kurz, das Religionsstudium tat nichts für mich, ich allerdings auch nichts für dieses Studienfach. Sagen wir mal so, wir beide waren einfach nicht kompatibel. Meine Dozenten und Professoren merkten schnell, dass ich keinen blassen Schimmer von dem hatte, was sie uns lehrten. Außerdem machte mir die gesetzliche Vorgabe, dass ich nicht mit einem Mann zusammenleben durfte, mit dem ich nicht verheiratet war, doch große Sorge. Das war wohl auch ein Punkt, warum nicht viele scharf darauf waren, das Fach zu studieren.

Der Hammer war, dass mir sogar die Dozenten Tipps gaben, wie ich eine uneheliche Beziehung leicht vertuschen kann und wie ich mich bei einer Überprüfung meiner Lebensumstände verhalten soll. Man muss sagen, da leistete der katholische Fachbereich mal wieder ganze Arbeit, was irgendwie auch das Klischee der Verlogenheit bediente. So richtig ehrlich ging es dort jedenfalls nicht zu.

Lockere Beziehungen konnte ich also in Zukunft knicken, oder ich sollte sie »geheim halten«, nennen wir es mal so. Das hätte ich vielleicht sogar noch hinbekommen. Doch es wurde auch großen Wert auf kirchliche Aktivitäten gelegt, Betreuung von Kirchengruppen, Gottesdienstbesuche und so weiter. Das konnte ich nun wirklich nicht leisten. Hallo, für mich gilt immer noch das Minimalprinzip. Nur das Nötigste!

Das größte Problem war aber, dass dieser Fachbereich doch recht überschaubar war, und somit konnte ich mein mangelndes Interesse an »dem Vater und seinem Sohnemann« nicht verbergen. So verflog die Chance, je ein Examen in diesem Bereich zu schaffen, schneller als ein Flug nach Mallorca.

Mist, was nun? Lilly an der Uni eingeschrieben, Studiengebühren und Erstausstattung bezahlt – und nun nicht wirklich willkommen im Fachbereich des Weihrauchs.

So sattelte ich schnell um, blieb bei den Sportwissenschaften, schloss mein Studium ab, bildete mich in den Ernährungswissenschaften weiter und wurde mein eigener Chef.

Dank der medialen Welt läuft ja fast alles nur noch über PC und Telefon. Es kann sich zwar nicht jeder eine persönliche Trainings- und Ernährungsbetreuung leisten, aber es sind doch mehr Menschen, als man denkt. Mit der Arbeit im Fitnessstudio hatte ich ja auch noch eine monatliche finanzielle Grundlage.

Jedenfalls brach mein Vater in Richtung Kirche zur Nachtmesse auf, da er im Chor singt und sich da blicken lassen muss. Mit so was kann ich ja gar nichts anfangen.

Da ich auch keine Kirchensteuer mehr zahle und dem Verein den Rücken gekehrt habe, ist das eine prima Begründung, um nicht mitgehen zu müssen. Ben redet sich damit heraus, dass er keinen Bock hat, und somit ist alles geklärt. Wir möchten jetzt nur noch ins Bett und würden sterben, wenn wir in irgendeine Kirche hocken müssten. Aber jeder so, wie er mag. Spätestens jetzt hätte Gott mich aus seinem Fachbereich geschmissen, wenn seine Helfershelfer das nicht schon vor vielen Jahren erledigt hätten.

Kapitel 11

Als ich am nächsten Tag um dreizehn Uhr das Studio abschließe, bin ich endlich in Weihnachtsstimmung. Die nächsten beiden Tage habe ich frei, und ich bin froh, dass Ben bei mir ist und jetzt nicht eine leere Wohnung auf mich wartet.

Als ich heimkomme, steht Ben in der Küche und backt Kekse. Er guckt mich total überrascht an. »Was machst du denn schon hier?«

Sein verdutzter Blick lässt mich grinsen. »An Feiertagen haben wir nur bis eins geöffnet, das reicht doch auch«, erkläre ich ihm. »Aber jetzt bin ich froh, endlich frei zu haben.«

Er lacht. »Das gönne ich dir auch, aber ich bin noch nicht ganz fertig. Weißt du, ich wollte dich mit den Keksen überraschen.«

Ich bin so gerührt, dass ich anfange zu heulen.

»Du brauchst gar nicht zu flennen«, meint er ganz trocken. »So schlimm sind sie doch gar nicht geworden. Aber jetzt setz dich aufs Sofa, es läuft gerade der *Kleine Lord*. Kekse und Kakao bringe ich dir dann gleich.«

Der kann schon echt süß sein, mein Bruderherz!

Ha, Weihnachten ist rum, und ich lebe noch. Nein, ich habe mich nicht aufgehängt oder Tabletten geschluckt, auch wenn das statistisch gesehen die schlimmste Zeit für Selbstmorde ist. Aber wie könnte ich auch, denn mein lieber Bruder hat sich vorbildlich um mich gekümmert, und mit der Vorfreude auf ein spannendes neues Jahr wäre ich ja schön blöd, wenn ich mir diese Zeit nicht geben würde. Männer sind ersetzbar, und Single zu sein, ohne Liebeskummer zu haben, ist doch eigentlich überhaupt nicht dramatisch.

Schließlich muss Ben wieder Richtung Hamburg. Bevor ich ihn zum Bahnhof bringe, laufen wir noch durch die Lokhalle gegenüber, da dort gerade Flohmarkt ist und wir beide viele Kindheitserinnerungen damit verbinden. Ein bisschen abbummeln und vielleicht das eine oder andere Schnäppchen machen, das wäre doch was.

Nachdem wir bei dem Sauwetter ewig nach einem Parkplatz gesucht haben, stehen wir klitschnass und durchgefroren am Eingang der Lokhalle an. Aber egal, ich sehe schon den ersten Kaffeestand, und daher denke ich, alles ist gut! Wir steuern ihn auch direkt an, bestellen zwei Kaffee und sehen uns schon mal um.

So richtig viele Stände sind es nicht, viel Neuware, und irgendwie hat das nichts mit dem Flohmarkt zu tun, der mir in Erinnerung ist. Früher war ich mit meiner Mutter sehr häufig auf Flohmärkten, aber auf richtigen. Sonntags ab sechs Uhr morgens Aufbau, und sobald man auf dem Gelände vorfuhr, halfen einem die eingefleischten Flohmarktgänger beim Auspacken und wühlten im Kofferraum schon in den Taschen.

Ein »Nein, ich muss erst auspacken, aufbauen, und dann können Sie wiederkommen« verstanden die meisten nicht. Gut, das lag zum größten Teil auch daran, dass viele der Interessenten kein Deutsch sprachen. Aber auch die anderen taten so, als würden sie es nicht verstehen.

Fakt war, von uns Kindern musste immer einer mit, um aufzupassen, dass nichts geklaut wurde, während meine Mutter in Ruhe ihren Stand aufbaute.

Ben stellte sich so blöd an – ich nehme an mit voller Absicht –, dass meine Mutter lieber mich mitgenommen hat. In ihren Augen guckte ich doch etwas gründlicher hin. Na ja, Ben war ja auch jünger als ich, und daher nehme ich es ihm nicht übel, dass er mit seinen sechs Jahren damals einfach noch nicht reif genug war.

Meine Mutter liebte den Flohmarkt, kaufte und verkaufte und gehörte sonntags einfach auf den Platz. Wir bekamen auch all unsere Spielsachen vom Flohmarkt. Der Sonntag war unser Shoppingtag. Man muss im Nachhinein auch zugeben, dass das absolut lukrativ war. Wir hatten mehr Spielzeug als alle anderen Kinder. Es war zwar nie neu, aber scheiß drauf. Lieber dreißig gebrauchte Barbies als eine neue. Ich freute mich jedenfalls immer total, wenn sie keine abgeknabberten Füße und noch lange Haare hatte.

Als wir an einem Stand vorbeikommen, an dem ein Großvater mit seinem Enkel steht, entdecke ich *He-Man*, die Hauptfigur der *Masters of the Universe*-Reihe, ein absolutes Achtzigerjahre-Spielzeug. Ben war als Kind ein Riesenfan und hatte alle Figuren, und wenn ich »alle«

sage, meine ich das auch so. Viele sogar doppelt und dreifach, denn immer wenn meine Mutter vom Flohmarkt nach Hause kam, gab es wieder ein paar von diesen seltsamen Dingern. War ja auch ganz cool. Keine Ahnung mehr, was die im Laden gekostet haben, aber ich schätze mal so zwanzig bis dreißig Mark und auf dem Flohmarkt dann nur noch zwei Mark. Da kann man sich ja vorstellen, dass meine Eltern nicht knausrig waren, wenn es um neues Spielzeug ging. Wie im Schlaraffenland quasi …

Jedenfalls war es total niedlich, als meine Mutter eines Tages wieder eine Figur mitbrachte und Ben sie fragte, wann er denn mal eine Figur mit Verpackung bekomme. Wir haben uns vor Lachen nicht mehr eingekriegt. Danach war es dann auch vorbei mit den Flohmarktgeschenken. Kinder sind halt zu anspruchsvoll, nach dem Motto: Lieber nur noch ein neues Teil als zwanzig gebrauchte. Gut, dass man im Alter vernünftiger wird.

Irgendwann war diese Ära dann auch zu Ende. Meine Mutter ging nicht mehr so oft auf den Flohmarkt, wir hatten auch nicht mehr so viel Lust, sie zu begleiten, und alles verlief im Sand. Es war aber eine tolle Zeit, und wir hatten eigentlich viel Spaß. Schade, dass man vieles erst so spät zu schätzen lernt.

Ben ist schon einen Gang weiter, und ich kaufe die Figur für ihn.

Ansonsten ist hier nicht wirklich viel zu holen. Es gibt nur Imbissbuden, gewerbliche Verkäufer mit Polyesterware und nur wenige echte Grabbeltische, eben sehr kommerziell und modern. Ich kaufe mir dann noch einen Regenschirm von *Esprit* für drei Euro, nagelneu, da kann man wirklich nicht meckern. Kann man ja nicht liegen lassen für den Preis, ob ich den jemals benutze oder nicht. Ich kann auch an keinem Sale-Teil vorbeigehen, wenn es mir gefällt. Ob ich es brauche oder nicht, aber wenn der Preis heiß ist, muss ich es kaufen – auch wenn mein Konto, der Kopf und das Universum »Nein« schreien. So sind wir Frauen. Und irgendwann wandert das Teil inklusive Etikett zu eBay oder auf den Flohmarkt. Unterm Strich ein Rein-Raus-Geschäft, aber was soll's. Beschäftigung ist alles, und so funktioniert die Wirtschaft.

Dann ist die Stunde der Wahrheit gekommen. Ich setze Ben in den Zug, gebe ihm den *He-Man*, den ich für ihn gekauft habe, und bedanke mich für die tollen Tage mit ihm.

»Ich freue mich auf unsere Zeit in Hamburg«, gebe ich ihm noch mit auf den Weg.

Ben drückt mich und streichelt mir über die Wange. »Bis bald, Schwesterchen, ich freue mich auch auf dich.«

Kapitel 12

Da fällt mir ein, ich muss mich auch noch bei Anna verabschieden. Sie ist meine längste Freundin seit der Schulzeit, doch unser Kontakt nimmt leider stetig ab. Irgendwie haben wir zu wenige Gemeinsamkeiten, die uns auf lange Sicht zusammenhalten. Aber auch wenn wir uns lange nicht gesehen haben, setzen wir immer wieder beim letzten Treffen an, und es gibt keine – wie soll ich es ausdrücken – unangenehmen Momente.

Seit ihrer Hochzeit vor drei Jahren versucht Anna wie eine Irre, ein Kind zu kriegen. Soweit ich informiert bin, sind beide gesund, und es spricht nichts Anatomisches dagegen. Aber es klappt wohl nicht. Bei unserem letzten Treffen vor etwa fünf Monaten – es muss der dreißigste Geburtstag ihrer Schwester Hanna gewesen sein – habe ich ihr etwas sehr betrunken erklärt, wie das funktioniert. Die Worte, die ich gebraucht habe, waren nicht besonders sachlich, sondern eher kurz und bündig, also total blondinenfreundlich: »Hoch den Rock und rein den Pflock.« Nicht wirklich eine wissenschaftlich-sachlich ausgeklügelte Glanzleistung, aber wenn sie sich daran gehalten hat, verstehe ich eigentlich nicht, warum sie immer noch nicht schwanger geworden ist.

Aber sie ist ja auch nicht blond, sondern dunkelhaarig und sowieso das totale Gegenteil von mir. Vielleicht mögen wir uns deshalb so gerne, weil wir uns ganz gut ergänzen und es definitiv nie ein Konkurrenzdenken zwischen uns gegeben hat. Anna ist klein, etwas hausbacken und war in der Schulzeit nie wirklich ein Hingucker. Aber viele Männer wollen genau so was Bodenständiges und Mutterähnliches.

Das Problem war auch nicht, einen Mann zu finden, der Anna gerne gehabt hätte, sondern eher, einen Mann zu finden, den Anna gerne wollte. Denn Anna war immer sehr, sehr, sehr, sehr anspruchsvoll. Sie fühlte sich zu allen Männern hingezogen, die sie niemals im Leben haben konnte. Männertypen, bei denen sich selbst Maja ganz schön ins Zeug legen müsste. Die Jungs spielten einfach nicht in ihrer Liga. Ich weiß sowieso nicht, warum die Natur manchmal nicht aufpasst, wenn sie Geschmäcker vergibt.

Es war ein Drama, einer lieben Freundin die Wahrheit zu sagen, wenn sie mich fragte, was sie wohl verkehrt mache. Da konnte ich ja nicht einfach sagen: »Anna, guck doch mal in den Spiegel. Warum sollte der Typ mit dir ausgehen? Das wollte die Natur einfach anders.« Ich war echt oft kurz davor, ihr das zu sagen, aber sie hat mich zum Glück nicht in meinen betrunkenen Momenten darauf angesprochen. Somit habe ich immer versucht, die Sache so diplomatisch wie möglich zu analysieren.

Aber irgendwann hat sie dann wohl doch kapiert, dass sie optisch einfach nicht in der Bundesliga spielt, und hat Bernd kennen und lieben gelernt. Er ist wirklich ein toller und sehr netter Mann, echt ein saunetter Kerl. Ja, ich weiß, nett ist die kleine Schwester von scheiße, aber in diesem Fall ist er für Anna ein toller Ehemann: häuslich, ein Beamter – das muss ich wohl nicht näher erläutern – und dazu noch tier- und kinderlieb. Ich würde zwar lieber allein bleiben, als mit Bernd eine Nummer zu schieben, aber ich muss es ja auch nicht, und von der asexuellen Warte aus betrachtet finde ich ihn wirklich spitze! Blöd nur, dass es nun ausgerechnet bei den beiden nicht mit der Fortpflanzung klappt. Was denkt sich die Natur denn dabei schon wieder? Die perfekten Eltern in meinen Augen.

Was für Leute Kinder kriegen, ist zum Teil erschütternd und macht einen wütend. Keiner kann sagen, dass mich das nichts angeht, denn als Steuerzahler finanziert man diese Brut zu einem großen Teil auch mit. Mein Vater hat mir mal von einer Schülerin erzählt, die ihm auf die Frage, was sie denn beruflich mal machen will, geantwortet hatte: »Ich werde mal das, was meine Mutter macht. Sie putzt bei der Nachbarin, bekommt Hartz IV, eine Wohnung und die Einrichtung bezahlt, Kindergeld und so weiter.« Die hat es geschafft! Manchmal frage ich mich, ob die vielleicht alle total schlau sind und man selbst wirklich zu blöd. Aber dann denke ich wieder, der Topf ist bestimmt bald mal leer, und dann gibt's von Vater Staat nichts mehr. Daher belasse ich es lieber beim Arbeiten, gehe auf Nummer sicher und erfreue mich noch einer gewissen gesellschaftlichen Anerkennung.

Jedenfalls wären Anna und Bernd ein Traumpaar, um Kinder zu bekommen, und ich wünsche es ihnen von Herzen. Nun ist fast schon wieder ein halbes Jahr seit unserem letzten Treffen rum, und es könnte nicht schaden, Anna mal wiederzusehen. Gerne würde ich mich persönlich von ihr verabschieden. Ich rufe sie also an und erkläre ihr kurz, wer ich bin, falls sie es in der Zwischenzeit vergessen hat.

Wir verabreden uns fürs Wochenende. Ich schlage einen Mädelstag in der Saunalandschaft vor. Das ist irgendwie unsere letzte gemeinsame Leidenschaft, und so können wir das Quatschen mit Erholung verbinden und gleichzeitig mal aus unseren vier Wänden raus. Den wirklichen Freudenkick verspüre ich jetzt zwar nicht bei ihr, sie klingt recht kurz angebunden, aber ich nehme das auch nicht persönlich. Man ist ja mittlerweile froh, wenn man nicht mehr so viel quatschen muss.

Für mich ist so ein Saunatag wie ein Freizeitpark für Erwachsene. Man zahlt Eintritt und kann dort den ganzen Tag verbringen. Achtzehn Euro für einen langen Tag Unterhaltung finde ich wirklich fair.

Wenn da nur nicht diese geilen Böcke rumhängen würden, die nur darauf warten, dass neben ihren Frauen, die irgendwie aussehen wie Männer, auch mal ein paar hübschere Körper die Hüllen fallen lassen.

Ich hörte mal im Studio, wie sich zwei Typen über eine öffentliche Sauna unterhielten, und mir blieb echt die Spucke weg. Der eine Typ erzählte dem anderen, dass er mittlerweile nicht mehr in eine Nacktbar gehe, weil er in der öffentlichen Sauna für weitaus weniger Geld viel mehr zu sehen bekomme. Ich dachte, ich platze. Mann, wie nötig es manche Kerle haben. Eigentlich haben solche Typen nur Mitleid verdient.

Klar, somit erklärt sich die Erfindung der Frauensauna. Die finde ich aber auch irgendwie zu langweilig. Ich bin weder stolz auf meinen Körper, noch schäme ich mich für ihn. Dieses Emanzending der Frauensauna finde ich irgendwie überflüssig, auch wenn ich weiß, dass die Männer gerne zum Glotzen in die Sauna gehen. Aber was soll's, dann sollen sie eben glotzen. Beine zusammen, Bademantel drüber und gut.

Am Samstag setze ich mich in mein Auto, drehe volles Programm Musik auf und trällere mit. Ich fühle mich dabei immer total sexy, berühmt und musikalisch megatalentiert. Auf geht es von Göttingen über Land in das Dorf des Grauens – oder in die »Hölle«, wie wir Kinder diese Abgeschiedenheit damals nannten. Es gab dort weder einen Tante-Emma-Laden noch eine Poststation, einen Bäcker oder irgendwas, das auf Zivilisation schließen ließ.

Ich würde dort heute nicht tot überm Zaun hängen wollen, aber irgendwie sind Ehepaare mit Kinderwunsch da anders. Die sehen dort mehr Vorteile, wenn ich mich auch frage, welche, aber das ist nicht meine Baustelle. Ich verstehe es einfach nicht. Wo gebe ich dann zum Beispiel die Retourenpakete von Zalando ab? Schon eine wichtige Frage, finde ich.

Nach einer guten halben Stunde Autofahrt komme ich schließlich in dem Kaff von Anna und Bernd an.

Vor ihrem Haus hupe ich ein paarmal. Es ist recht eklig und stürmisch draußen, und so hoffe ich, dass Anna direkt rauskommt und ich nicht aussteigen muss.

Nachdem ich etwa zwei Minuten gewartet habe, reißt sie auch tatsächlich die Autotür auf und lässt sich auf den Beifahrersitz fallen, gibt aber kein Wort von sich.

Ich überlege kurz, ob sie verheult ist oder nur gerade eine Breitseite vom Regen und Wind abbekommen hat. Aber nein, sie scheint ziemlich schlechte Laune zu haben, wie sie da neben mir sitzt mit ihrer großen Saunatasche auf den Knien.

»Fahr los«, sagt sie nur.

Hallo, das muss doch ein super entspannter Nachmittag werden.

»Schön, dich mal wiederzusehen, Annalein! Heilige Scheiße, was ist denn mit dir passiert?«

Sie schaut mich an und fängt sofort an zu heulen. »Ich weiß«, schluchzt sie, und da ich für meine Ehrlichkeit bekannt bin und es keinen Grund gibt, nicht darüber zu reden, spreche ich es doch dann auch aus, denn es ist einfach nicht unter den Teppich zu kehren: »Anna, du siehst aus wie eine geplatzte Bockwurst! Was ist passiert?«

Jetzt geht das Geplärre erst richtig los, und ich suche nach einer Packung Taschentücher, die ich aber auf die Schnelle nicht finde, denn ich kann meine Augen auch nicht von Anna abwenden und lasse meinen Blick zwischen Straße und Beifahrersitz hin und her wandern. Ich taste also blind nach meiner Tasche und fummele wie eine Geisteskranke darin herum, in der Hoffnung, ein

Tuch zu finden, um es ihr wenn möglich direkt über das Gesicht zu legen, da sie echt übel aussieht.

Da ich nicht weiß, wie ich mit der Situation umgehen soll, fahre ich rechts ran und stoppe den Motor. Nun finde ich endlich das lang ersehnte Taschentuch, und sie benutzt es zum Dank ausgiebig.

Als sie etwas ruhiger geworden ist, fängt sie schließlich an zu erzählen. »Dieser scheiß Progesteronmangel ist an allem schuld.«

Ach klar, das Progesteron! Wer kennt es nicht? Mein Blick stellt genau diese Frage, woraufhin sie eine Erklärung à la Wikipedia herausschluchzt, als würde sie tagtäglich darüber referieren.

»Wow, wow, wow, Momentchen mal! Was willst du mir jetzt eigentlich sagen, Schätzelein?«, rutscht es mir irgendwann heraus. Ich bin nämlich gedanklich schon länger raus aus der Nummer. »Ich wollte lediglich wissen, warum du aussiehst, als hätte dich ein Bus überfahren.«

»So einfach ist das nicht, Liliana«, winselt Anna wieder in ihr Taschentuch. Oh nein, mein ganzer Name. Das verbreitet aber auch gleich so eine negative Stimmung, verdammt noch mal. »Ich werde einfach nicht schwanger, und nach der letzten Fehlgeburt im Sommer mache ich jetzt eine Hormonbehandlung gegen diesen Progesteronmangel. Der ist nämlich einer der häufigsten Gründe für einen unerfüllten Kinderwunsch. Mit dieser Behandlung, die den Progesteronspiegel erhöhen soll, können viele Frauen dann doch schwanger werden.«

Jetzt schwant mir so langsam, was los ist, und ich bringe es kurz und knackig auf den Punkt: »Du bist aufgeschwemmt wie eine Wasserleiche, und diese komischen akneartigen Dinger in deinem Gesicht gefallen mir nicht wirklich. Irgendwie sehen deine Haare auch so strähnig aus. Ich nehme jetzt mal an, dass das alles die Nebenwirkungen dieses Dreckszeugs sind. Dann lass es doch einfach weg.«

Sie schluchzt, fängt wieder an zu heulen und spricht kein Wort mehr. Na super!

Ich würde auch sagen, dass die Nebenwirkungen dieses Horrorhormons der Grund dafür sind, warum »Hoch den Rock« nicht mehr funktioniert und somit keine Produktion zustande kommen kann. Mann, Mann, Mann, warum sind Frauen denn so verrückt auf Kinder? Was tut sie sich da nur an?

Nach ein paar Sekunden – für mich gefühlte fünf Minuten – nickt sie. »Es gibt kaum Nebenwirkungen, die ich nicht bekommen habe«, meint sie ruhig. Und dann zählt sie sie auf: Sie ist leicht reizbar, hat Stimmungsschwankungen, Kopfschmerzen, Ekzeme, Gewichtszunahme, Haarausfall, saustarke Menstruation und Schmierblutungen …

Anna, ich bin raus! Detaillierter brauche ich es nun wirklich nicht! Ich singe innerlich schon »Ding dong, die Hex' ist tot«, um mich abzulenken. Deshalb fasse ich rasch zusammen: »Du machst also seit einiger Zeit eine Hormontherapie, und die bekommt dir nicht, richtig?«

»Ja.« Sie weint wieder, was ich nun auf die Reizbarkeit und die Stimmungsschwankungen schiebe.

Es tut mir leid, aber was soll ich dazu sagen? »Du hattest eine Fehlgeburt? Scheiße, das tut mir wirklich sehr, sehr leid.«

Schon die Tatsache, dass ich davon nichts wusste, ist traurig, zeigt mir aber auch, wie sehr wir uns auseinandergelebt haben. Als Freundin hätte ich so was wohl mitkriegen sollen.

Andererseits bin ich dankbar, dass sie das mit anderen Personen ausmacht, denn ich bin in Sachen Kinder wirklich die Person, die am wenigsten Verständnis dafür aufbringt. Wenn es um Kinder geht, bin ich einfach die falsche Baustelle.

Anna schlägt sich mit Problemen herum, die ich im Leben nicht haben möchte. Da bin ich mit meinem Miniproblem Oliver bestens bedient, und schon denke ich, dass alles gut wird.

Ich schlage vor, die Sauna heute sein zu lassen. Es ist wohl nicht der richtige Ort für Anna, um die eine oder andere recht offensichtliche Hautkrankheit zur Schau zu stellen. Wir würden sicher auch nicht ruhig reden können, und wenn man Annas Stimmungsschwankungen und Heulattacken hinzunimmt, würden wir wohl unter dem Strich noch vor dem ersten Aufguss rausfliegen und lebenslanges Hausverbot bekommen. Das möchte ich auf keinen Fall riskieren, und ich will mich ehrlich gesagt auch nicht blamieren.

Nein, mal ernsthaft, das sind definitiv keine guten Voraussetzungen für einen Wellnesstag, und wir gehen lieber eine Pizza essen.

Als wir bei unserem Lieblingsitaliener angekommen sind und alle begrüßt haben – ciao hier, ciao da –, ist Ruhe eingekehrt, Anna wieder fröhlicher und die Stimmung lockerer geworden.

Ich frage sie, ob sie drüber reden will oder ob wir das Thema heute umgehen sollen, damit sie mal auf andere Gedanken kommt.

»Das wäre schön«, antwortet sie. »Du wolltest doch was mit mir besprechen.«

Da ich ihr natürlich frontal ins Gesicht gucken muss und die Bläschen und Rötungen absolut nicht übersehen kann, fällt mir mein eigenes Problem auf Anhieb gar nicht mehr ein. Aber leider habe ich definitiv eines, das auch hier in diesem Restaurant ein Ende gefunden hat. Die Neuigkeit macht sie etwas traurig, aber überrascht sie nicht wirklich, und sie wünscht mir für Hamburg alles Gute.

Es geht auf fünfzehn Uhr zu, und unser italienischer Freund möchte gerne schließen. Drei Stunden später geht's dann weiter mit Pasta, Pizza & Co., aber Siesta wird ja bei den Südländern großgeschrieben. Es reicht jetzt auch, denn nach einem Teller Spaghetti Carbonara, zwei Gläsern Wein, Cappuccino und Tiramisu bin ich echt prall und würde jetzt sehr gerne mit meiner Jogginghose aufs Sofa.

Zum Teufel, wie schrecklich, ich trage irgendwie nur noch Jogginghose, Arbeitskleidung und Wohlfühlkleidung – aber das wird der kommende Modetrend, Joggingstyle genannt. Die Klamotten im Oversize-Look und die Hosen im Jogginghosen-Look. Das wird mein

Modejahr! Laut *Instyle* und Konsorten werde ich die hippste Fashionmaus sein, die der Modehimmel je gesehen hat, und muss dafür nicht mal einkaufen. Die guten alten Sneakers von *Nike* und *adidas* spielen mir auch in die Karten. Was ist nur los in der Welt da draußen? Ich könnte jeden Morgen würgen, wenn ich das Zeug anziehen muss, und Hinz und Kunz trägt es nun freiwillig. Die Welt wird verrückt.

Aber was soll's, mir sieht dann wenigstens keiner mehr an, dass ich Arbeitskleidung trage. Vielleicht muss ich mir nur mal ein paar hohe Schuhe und eine Lederjacke ins Auto legen, um den Look zu vervollständigen, und dann kann ich in der Mittagspause beim Bäcker richtig rocken.

Endlich zu Hause angekommen. Nach dem Abstecher aufs Dorf, um Anna abzusetzen, war das gar nicht so einfach. Das Wetter hatte echt angezogen, und mit Sommerreifen im Dezember bei überfrierender Nässe kommt das fahrtechnisch nicht so gut. Bei Eisglätte helfen aber auch Winterreifen nichts – oder doch? Nein, ich glaube nicht.

Aber ich könnte eigentlich mal die Winterreifen aus dem Keller holen und aufziehen lassen. Irgendwie bin ich immer recht spät dran, was so was angeht. War mir bisher auch immer egal. Aber ich glaube, da gibt's jetzt irgendeine Auflage – versicherungstechnisch –, dass man Winterreifen draufhaben muss, weil bei einem Unfall sonst keiner zahlt. Danach sollte ich doch mal googeln.

Außerdem musste ich mich nie um so was kümmern. Ich bin absolut für die klassische Rollenverteilung. Null Emanzipation. Was soll das überhaupt sein? Wer will denn einen Kerl mit Schürze und Wischer in der Wohnung herumtanzen sehen? Gibt es so was? Nee, nee, ich denke, es gibt Aufgaben für Frauen und Aufgaben für Männer. Ich koche, wasche, kaufe ein, und er kümmert sich um die Post, Finanzen, Autos, Versicherungen, handwerkliche Dinge und dieses ganze uninteressante Zeug. Respekt für alle Frauen, denen so was Spaß macht, mir aber leider so gar nicht. Ich verstehe davon nichts und musste es bisher auch nicht. Demnächst werde ich wohl aber Handwerker bezahlen müssen, denn Ben hat diesbezüglich noch weniger Talent als ich. So funktioniert die Wirtschaft eben. Jeder kann irgendwas, das der andere nicht kann, und somit kommen wir alle irgendwie über die Runden – der eine besser, der andere schlechter.

Jetzt lasse ich den Tag ausklingen, lege mich in die Badewanne, mache mir Kerzen an, und danach gucke ich alle Folgen *Shopping Queen* der letzten Woche online.

Guido Maria Kretschmer ist einfach mein Held in Sachen Unterhaltung! Ich liebe diese Sendung und seine Kommentare. Yippie, über welche Kleinigkeiten man sich doch freuen kann.

Kapitel 13

Tja, Silvester wird bei mir dieses Jahr wahrscheinlich etwas mau, denn ich habe nicht wirklich eine Idee, was ich machen könnte. Auch bin ich nicht so der Silvestermensch, sondern der absolute Knallkörper-Angsthase.

Als kleines Mädchen war ich einmal bei uns im Dorf zu Silvester bei einer Freundin eingeladen. Ihre Eltern haben uns – als pädagogisch wertvoll würde ich das nicht bewerten – ein Video gezeigt, auf dem Kinder Raketen und Böller so rücksichtslos in eine Menge anderer Kinder warfen, dass diese schwerste Verletzungen davontrugen. Ich habe heute noch das weinende Mädchen vor Augen, dem es die Hand wegriss, weil es einen Böller zu spät losgelassen hatte. Wie kann man so was kleinen Kindern zeigen? Wenn sie damit erreichen wollten, dass meine Freundin und ich niemals Knaller anfassen oder uns auch nur in die Nähe eines Böllers wagen – Bingo, das hat geklappt. Ich gehe an Silvester niemals um Mitternacht nach draußen.

Also scheiß drauf auch dieses Jahr. Ich werde mich hinlegen, wenn ich müde bin, und Silvester einfach Silvester sein lassen. Aus die Maus.

Ganz so einfach kommt es dann aber doch nicht. Abends gegen sieben steht Maja aufgepimpt vor meiner Tür, um mich abzuholen. Party in der Uni Göttingen.

»Du bist solo«, sagt sie, »ich konnte mich noch gar nicht um dich kümmern und möchte dich heute dabeihaben.«

Ich schüttle den Kopf. »Nein, kein Interesse.«

»Du bist wohl besoffen, es ist Silvester.«

»Ich bin nicht besoffen, und das ist unter anderem auch das Problem.«

»Das kriegen wir hin.« Sie holt eine Flasche Hugo aus der Tasche, und ich habe keine Chance mehr, mich zu wehren.

Nachdem wir den Hugo geleert haben und Maja mir bei der Wahl meines Outfits geholfen hat, geht es los in die Uni-Mensa zur legendären Göttinger Silvesterparty.

Gegen zwei Uhr nachts stehen wir beide Arm in Arm und breit wie die Haubitzen in einem der Gänge und philosophieren, wie es betrunkene Frauen nun mal so machen. Wir kommen zu dem Schluss, dass Frauen keine Männer brauchen und Zungenpiercings absolut überbewertet sind. Maja hat jedenfalls keines mehr. Sie meint, dass es nicht gesund für die Zähne sei. Ja klar, für die Zähne!

Kapitel 14

Die Zeit rennt ja so furchtbar schnell dahin. Es ist verrückt, wie rasch letztendlich alles gegangen ist. Ich stehe in den Startlöchern in Richtung Hamburg.

Nach meinem letzten Arbeitstag habe ich Maja und Christian noch auf einen kleinen Umtrunk beim Italiener um die Ecke eingeladen. Wir erzählen uns Anekdoten aus unserer langjährigen Vergangenheit. Die Nummer im Trainerbüro allerdings bleibt unerwähnt.

Maja hat Tränen in den Augen, als wir uns in die Arme nehmen und uns alles Gute wünschen.

»Mann, Hamburg ist nicht weit, und du kannst mich so oft besuchen, wie du magst«, sage ich. Aber ich befürchte, dass das nur eine Floskel ist, und ich bin mir nicht sicher, ob ich Maja jemals wiedersehen werde. Zu oft habe ich die Erfahrung gemacht, dass man liebe Menschen aus den Augen verliert, wenn sich die Umstände ändern. So ist das Leben leider. Aber wer weiß, vielleicht bleibt ja wirklich eine lockere Bekanntschaft bestehen, und wir sehen uns noch hin und wieder.

Christian nimmt mich ebenfalls in den Arm und wünscht mir alles Gute. Ich hätte immer gute Arbeit geleistet, meint er, und er würde mich mit Kusshand zurücknehmen, falls meine Pläne mit Hamburg nicht funktionieren und ich Heimweh bekomme.

Hm, Heimweh? Wonach? Mich hält hier wirklich nichts mehr. Meine Eltern pendeln ohnehin immer zwischen Göttingen und ihrem Zweitwohnsitz an der Nordsee hin und her, werden mich sicher ab und an besuchen, Ben ist in Hamburg und Oliver für mich gestorben.

Anna hat im Moment einfach zu viel mit sich selbst zu tun, und da wir uns eh selten sehen, werden wir es beide überleben. Wir haben uns am Telefon noch mal voneinander verabschiedet und uns versprochen, in Kontakt zu bleiben. Aber es war ein recht kühler Abschied.

Ich möchte jetzt einfach weg und einen Neuanfang starten. Es ist absolut Zeit dafür!

Vielleicht könnte ich auch in eine WG ziehen, hätte dann Leute um mich, aber keine Verpflichtungen. Hm, ich weiß nicht, eigentlich kann ich doch auch ganz gut alleine leben. Aber es ist vielleicht ein Unterschied, ob ich alleine sein kann oder muss. Wie habe ich das denn die letzten drei Jahre vor Oliver durchgehalten?

Das erste Jahr war schwer, weil ich da mit der letzten Beziehung noch nicht abgeschlossen hatte und todunglücklich war. Dann war es ein Jahr lang recht lustig. Ich bin viel um die Häuser gezogen und hatte Spaß. Im letzten Jahr, bevor ich Oliver kennengelernt habe, war ich schon wieder etwas depressiver drauf, weil ich gerne wieder jemanden gehabt hätte und regelrecht gesucht habe – ohne Erfolg.

Wer übrigens das Sprichwort »Wer suchet, der findet« erfunden hat, meinte damit jedenfalls nicht den Partner fürs Leben. Der kommt nämlich nur, wenn man ihn nicht sucht, und auch meistens dann, wenn man ihn nicht gebrauchen kann. Wer weiß, vielleicht wäre ich besser schon vor vier Jahren mit Ben nach Hamburg gegangen.

Kapitel 15

Hamburg! Ich fahre über die Elbbrücken und habe ein tierisches Kribbeln im Bauch. Wenn ich früher hier angekommen bin, war es für ein Feierwochenende auf dem Kiez, aber jetzt ist es für immer.

Mein Auto ist voll bis obenhin, aber irgendwie auch zu leer, wenn man bedenkt, dass sich darin mein ganzes Leben befindet.

Die Möbel, die ihre beste Zeit schon hinter sich hatten, habe ich entsorgt, und die anderen Teile gehörten eh Oliver. Er meinte zwar gönnerhaft, ich könne sie mitnehmen, da er sie nicht unbedingt braucht, wenn er bei seiner Schlampe einzieht. Aber mal ernsthaft, den ganzen Mist soll er ruhig behalten. Ich will ohne Altlasten in mein neues Leben starten, ohne mir mieses Karma ins Haus zu holen! Wir haben die Teile zwar damals zusammen ausgesucht, aber bezahlt hat er sie alleine, und ich bin echt zu stolz, um sie einfach mitzunehmen. Er ist und bleibt der Betrüger in unserer Vergangenheit, nicht ich.

So sind zwei Koffer, eine Sporttasche, ein tragbarer Kosmetikkoffer und zwei blaue Säcke voller Schuhe wirklich alles, was ich in den mehr als dreißig Jahren meines bisherigen Lebens angesammelt habe. Nicht mehr und nicht weniger ist mit mir zusammen nach Hamburg ausgewandert. Eine lange Umzugsdoku würde das über mich nicht werden, schätze ich.

Na ja, ein paar Teilchen, die aber wirklich nicht der Rede wert sind, stehen noch bei meinem Vater im Schuppen. Die bringt er mir nach und nach mal mit, hat er gesagt.

Meine Eltern haben die ganze Entwicklung sowieso recht cool aufgenommen, dafür, dass sie Oliver geliebt haben wie einen Sohn. Geliebt in dem Sinn, dass sie froh waren, dass ich einen Ernährer gefunden hatte. Das macht Eltern einfach richtig glücklich. Was sollen sie auch dagegen haben?

Ben hat sich freigenommen, um mich würdig zu empfangen. Als er mir die Wohnungstür öffnet, trägt er nur eine Unterhose und nimmt erstaunt zur Kenntnis, dass ich schon da bin. Er frühstückt nämlich gerade noch mit irgendeiner Tussi.

Abgeschminkt sehen seine Frauen immer alle gleich aus, nämlich scheiße! Aber der Figur, den tollen Haaren und dem Vorbau nach zu urteilen, weiß ich, wie diese Frauen geschminkt aussehen, und daher verstehe ich es.

Jedenfalls macht sich die Maus gleich vom Acker, als ich reinkomme, und ich setze mich an den gedeckten Tisch. Gedeckt heißt bei Ben Kaffee und sonst nix. Aber egal, hungrig bin ich sowieso nicht, dazu bin ich viel zu aufgeregt.

»Du bist aber früh da«, stellt Ben noch einmal fest.

»Ich habe dir doch gesagt, dass du gegen Mittag mit mir rechnen kannst. Dass du mal wieder Damenbesuch hast, konnte ich ja nicht wissen.«

Er zuckt die Schultern. »Habe ich dann wohl nicht mitbekommen. Weißt du, was mir passiert ist?«

Er beginnt, von seiner letzten Nacht zu erzählen, und heitert mich damit direkt auf. Dass er wechselnde Mädels am Start hat, weiß ich ja, und er findet das eigentlich auch ganz cool und abwechslungsreich. Die eine mag dies, die andere das, und für jedes Bedürfnis kann er aus dem Vollen schöpfen. Prima. Problematisch wird es nur, wenn man den Überblick verliert, welche der Grazien was besonders mag – und besser noch, wer was gar nicht mag.

»Ab heute mache ich mir ein Bumsbuch«, beschließt er. Ein was? »So was wie ein Tagebuch. Ich notiere mir die Frauen mit ihren entsprechenden Eigenschaften, damit mir so was wie heute Nacht nicht wieder passiert.« Aha. »Solltest du auch machen«, fügt er noch hinzu. »Wenn du jetzt Hamburgerin bist, wird sich dein Sexualleben auch ändern.«

Das glaube ich zwar nicht, doch ich höre mir seine Story trotzdem an, auch wenn es mich nicht so richtig interessiert. Aber irgendwie bin ich auch neugierig, was er sich wieder geleistet hat.

Eine hat er zum Beispiel am Start, die gerne Dirty Talk und 'nen Klaps auf den Hintern mag und auch mal gepflegt angespuckt werden will. Manche Frauen soll er auch anpinkeln, was er sich aber nicht vorstellen kann.

Jetzt greife ich ein und unterbreche ihn: »Nicht mehr Details als nötig, Ben! Bitte!«

Er grinst und erzählt weiter. »Jedenfalls war das gerade eben nicht die Frau, die gerne angespuckt wird. Als ich ihr ins Gesicht gerotzt habe, guckte sie wie 'ne Kuh, wenn's donnert. Sie hat mich so angewidert angestarrt, dass ich nicht zu fragen brauchte, ob ihr das etwa nicht gefällt.«

Okay, in seinen Augen wäre es also schon gut, wenn man bei seinen Sexhäschen den Überblick behält, um solche Missverständnisse zu vermeiden. Ich muss sagen, ich hasse manchmal dieses Sexgelaber von Ben. Denn ich komme mir immer so prüde und spießig vor, wenn ich höre, was für Frauen er kennt und was die alles so machen. Ich weiß nicht, ob die zum Teil nicht alle Latten am Zaun haben oder einfach bei mir was nicht stimmt. Doch wenn so viele Frauen aufgeschlossen, sexsüchtig und experimentierfreudig sind und auf der anderen Seite ich alleine dastehe, stellt sich die Frage eigentlich gar nicht, wer sich da wohl in der Minderheit befindet.

Aber bitte, lieber Gott, wenn es dich gibt und du mir die Religionsnummer von damals nicht mehr übel nimmst, dann lass mich so bleiben, wie ich bin. Ich möchte niemals beim Sex beschimpft, angespuckt, geschlagen, an bestimmten Stellen geleckt oder Dinge in mich eingeführt kriegen, die da nicht reingehören. Bitte, bitte, niemals. Kein *Shades of Grey* für mich. Ich kann mir einfach nicht vorstellen, dass sich so viele Frauen gerne mal verprügeln oder auspeitschen lassen würden und was auch immer sonst noch in diesem Buch passiert. Es müssen ja eine ganze Menge sein, wenn das so ein Bestseller geworden ist. Ich dachte immer, die deutschen Frauen sind eher prüde. Aber dem Absatz an *Shades of Grey*-Büchern nach zu urteilen, haben sie doch erschreckende Bedürfnisse. Vielleicht lesen sie aber auch nur gerne. Theorie und Praxis sind ja dann doch zwei Paar Stiefel.

Das ist auch so ein Phänomen bei den Zumbakursen. Wie viele Frauen da plötzlich nach orientalischer Musik ihre Hüften kreisen lassen – unglaublich. Ansonsten steif wie ein Brett, aber Zumba tanzen müssen. Na ja, diese Fitnesstrends finanzieren mein Leben, aber albern ist es irgendwie schon. Wahrscheinlich bin ich auch einfach die prüdeste Kuh der Welt! Die deutschen Hausfrauen habe ich wohl gründlich unterschätzt.

Schließlich bedanke ich mich bei Ben für diese wirklich lustige Geschichte und schlage vor, dass er mir stattdessen mal beim Auspacken des Autos helfen könnte. Ich stehe nämlich mal wieder drei Straßen weiter, denn am Wochenende in Hamburg-Winterhude einen Parkplatz zu ergattern, ist recht unwahrscheinlich.

Er macht sich auch gleich daran und meint, er hätte auf dem Dachboden schon eine Ecke freigeräumt. Hier in der Wohnung gebe es absolut keinen Stauraum mehr.

Tja, da hat er wohl Recht. Ich habe auch keine Ahnung, wo meine Klamotten hin könnten, und so bringen wir erst mal alles auf den Dachboden. Er verrät mir, dass er dort gerne auch mal eine Frau versteckt, wenn plötzlich eine andere unangemeldet vor der Tür steht. Was werde ich hier wohl alles erleben müssen?

Kapitel 16

Als wir alles verstaut haben, spazieren wir eine Runde durch den Stadtpark. Das Wetter ist ganz schön, der Winter ist dieses Jahr ja ohnehin ein Witz, und warum soll ich mir in meiner neuen Heimat nicht mal ein bisschen die Beine vertreten?

Als wir auf Höhe des Planetariums sind, erzählt mir Ben, dass er eine Bleibe für mich gefunden hat. Oh mein Gott, meinen es die Sterne jetzt doch mal gut mit mir?

»Wie, was, wo?«, stammle ich. »Eine Bleibe? Und das sagst du so nebenbei?«

Er zuckt mit den Schultern. »Na ja, ich wollte dir keine Hoffnung machen, falls es dann doch nicht klappt. Aber Lukas hat mir gestern das Go gegeben.«

Okay, aber wer ist jetzt Lukas, und was ist das für eine Wohnoption?

»Lukas ist ein Kollege aus dem Krankenhaus und ein guter Kumpel von mir. Er wohnt hier in der Nähe hinterm Stadtpark, wir könnten eigentlich direkt mal hin. Vielleicht ist er da.«

Ich kann gar nichts mehr sagen, sondern gehe einfach neben Ben her und höre zu, was er mir berichtet.

Lukas ist Frauenarzt und wohnt in einem Mehrfamilienhaus seiner Eltern. Dort betreibt er auch seine Praxis, hat eine Wohnung im Obergeschoss, und unten befindet sich die Einliegerwohnung der Eltern, von denen nur noch die Mutter lebt, die jetzt aber ins Heim kommt. Somit wird diese Wohnung frei – und dreimal darf ich raten, wer dort einziehen kann.

Ich bin total überrascht und freue mich riesig. Das gibt's doch gar nicht.

Die Wohnung hat um die siebzig Quadratmeter, zwei Zimmer und einen Wohnbereich mit offener Küche. Das sollte doch für mich reichen. Außerdem kann ich natürlich den Garten mitbenutzen, den ich von der kleinen Terrasse aus erreiche.

Und der absolute Clou ist, dass Dr. Lukas Schröder, achtunddreißig Jahre alt, eine Teilzeitkraft für seine Rezeption sucht. Termine machen, Patienten einchecken und was eben so anfällt. Als Ben ihm erzählt hat, dass ich Ernährungsberaterin bin, war er anscheinend hin und weg, da er das gerne in sein Praxiskonzept einbauen würde. Ernährungsberatung in und nach der Schwangerschaft. So könnte er sich etwas von den anderen Praxen absetzen und sein Angebot vielleicht sogar noch in den Bereich der Kinderernährung ausweiten.

Okay, hört sich also an, als könnte er mich echt gebrauchen, und ich muss sagen, das ist gar kein schlechtes Konzept. Somit hätte ich definitiv die Miete drin und noch was übrig. Ich hoffe nur, dass ich das mit dem Studio unter einen Hut bekomme. Ansonsten müsste ich mich für eines entscheiden.

Ich bitte Ben, Lukas sofort anzurufen, damit ich die Wohnung mal besichtigen kann, in der ich demnächst vielleicht meinen Neuanfang starte.

Zwanzig Minuten später sind wir da und klingeln. Als die Tür aufgeht, bin ich hin und weg.

Da steht er, groß, kräftig, bernsteinfarbene, total liebe, warme Augen und die dazu passende Haarfarbe. Er hält den Kopf schief und betrachtet mich, als würde er das Gleiche von mir denken. Ich würde es Liebe auf den ersten Blick nennen – ähnlich wie vor einigen Jahren bei Oliver. Mein Herz klopft, mein Bauch kribbelt, und ich möchte ihn einfach drücken und küssen.

Jetzt geht alles total schnell. Sein Schwanz wackelt, und schon liege ich auf dem Rücken, und er leckt mich ab. Wer konnte auch mit so einer Kraft rechnen? So willkommen geheißen wurde ich niemals zuvor in meinem Leben.

Unromantische Menschen würden jetzt wohl sagen: »Was für ein unerzogener Hund!« Ich aber nenne es Liebe, und die kennt ja bekanntlich keine Grenzen.

Sein Herrchen Lukas steht in der Tür und sieht eigentlich relativ locker aus, dafür, dass sein Hund mich gerade so was von umgerissen hat. »Hi Lilly. Das ist mein Hund Schröder. Ben sagt, du magst Hunde.« Er streckt mir die Hand entgegen, hilft mir hoch und stellt sich selbst auch vor. »Ich bin Lukas, Lukas Schröder.«

Er hat ein ganz nettes Lächeln, ansonsten ist er recht unscheinbar. Vielleicht 185 cm groß, straßenköterblond, normale Statur, ein ganz alltäglicher Typ eben. Mich wundert ein bisschen, dass er recht ungepflegt aussieht. Dreitagebart, Haare nicht gekämmt, eine olle Jogginghose an. Wie man halt sonntags zu Hause rumlümmelt. Aber ich dachte immer, schwule Typen sehen ständig wie geleckt aus. Jedenfalls gehe ich davon aus, dass Lukas schwul ist, bei diesem Beruf. Aber hätte er dann nicht vielleicht eher einen Handtaschenhund? Dieser hier ist jedenfalls zu kernig für einen schwulen Mann.

Diese Vorurteile sind aber auch furchtbar. Warten wir es einfach mal ab.

Wir folgen Lukas in die Küche und er fragt, ob jemand einen Kaffee möchte. Das wäre jetzt absolut klasse, und so nehme ich in der Wohnküche auf der Eckbank Platz. Es dauert ungefähr zwei Sekunden, da sitzt Schröder neben mir und legt den Kopf auf meinen Schoß.

Lukas will wissen, ob mich das stört. Aber nein, ich bin zwar erstaunt, doch ich freue mich darüber.

Und nun überschütte ich Lukas mit Fragen. Was ist das für ein Hund? Was wiegt er? Ist da eine Dogge mit drin? Und warum hat er einen Streifen auf dem Rücken?

Lukas lacht, dann gibt er bereitwillig Auskunft. Schröder ist ein Rhodesian Ridgeback, ein afrikanischer Jagdhund. Man nennt die Burschen auch Löwenjäger, weil sie in Afrika zur Löwenjagd eingesetzt werden. Genauer gesagt spüren sie die Löwen auf, umzingeln sie und treiben sie vor sich her. Das Erlegen übernehmen die Jäger.

Dieser Hund ist der allerallerallertollste Hund, den ich je gesehen habe. Warum ist mir diese Rasse so unbekannt? Er ist sehr groß, das Fell rotbraun, ganz kurz und glänzend. Sein Kopf ist sehr kräftig, die Ohren hängend – ganz schöne Lappen, muss ich sagen –, und der Schwanz, Pardon, die Rute ist lang und schmal. Er hat eine schwarze Maske und wirklich ganz wunderschöne bernsteinfarbene Augen, die super toll mit dem Fell harmonieren. Doch das Interessanteste an ihm ist der Streifen auf dem Rücken. Erst dachte ich, er hat eine Bürste, aber nein, das ist sein Fell. Lukas erklärt mir, dass die Haare an dieser Stelle entgegengesetzt zur Wuchsrichtung wachsen und daher immer nach oben stehen. Das ist sein Erkennungsmerkmal. So wie ein Pudel Locken hat, hat ein Ridgeback einen Rückenstreifen. Es gibt zwar auch welche ohne Streifen, aber das ist dann ein Gendefekt.

Ich bin so fasziniert von diesem Hund, dass ich nicht glauben kann, vielleicht wirklich bald mit ihm unter einem Dach zu wohnen.

Wir unterhalten uns darüber, wie Ben und Lukas sich kennengelernt und neulich in der Kantine darüber gesprochen haben, dass ich nach Hamburg ziehe und eine Wohnung suche. Da Lukas' Mutter kürzlich einen Schlaganfall hatte und pflegebedürftig geworden ist, soll sie jetzt in ein Heim, da Lukas ihr zu Hause einfach nicht die nötige Pflege und Aufmerksamkeit bieten kann. Auch wenn er die Praxis im Haus hat, kann er sie nicht rund um die Uhr betreuen. Er gibt nebenbei auch noch Seminare an der Uni und betreut eine Klasse an Bens Krankenpflegeschule.

Schröder war bislang meistens bei Lukas' Mutter, wenn er selbst unterwegs war, doch nun funktioniert das ja auch nicht mehr. Lukas erzählt, dass dieser Hund, der aussieht, als wäre er der stolzeste, kräftigste und selbstbewussteste Hund der Welt, so was von sensibel ist und kaum alleine bleiben kann. Manchmal jault er das ganze Haus zusammen wie ein Wolf. »Wenn es passt, könnte das auch eine Aufgabe für dich werden, Lilly«, meint er. »Es wäre toll, wenn ich dir Schröder ab und an bringen könnte, wenn du da bist und ich was vorhabe.«

Ich glaube, ich träume. Oh, wie toll ist das denn?

Dann sprechen wir noch über die Geschäftsidee, die er hat. Seine Sprechstundenhilfe scheidet demnächst aus, weil sie schwanger ist, und so braucht er eine Vertretung.

Schließlich schauen wir uns noch die Wohnung an, und ich kann nicht glauben, was für ein Glücksschwein ich bin.

Wir einigen uns darauf, dass ich Mitte Februar einziehe. Bis dahin wäre das mit Lukas' Mutter geregelt, sie liegt im Moment noch im Krankenhaus und wird wahrscheinlich von dort aus direkt ins Heim kommen. Bis zu meinem Einzug würde Lukas die Wohnung komplett renovieren lassen.

Wir verabschieden uns und tauschen unsere Telefonnummern aus. Ich bin natürlich megahappy. Was für ein netter Typ, und was für ein klasse Hund.

Ich komme wieder, das ist klar.

Kapitel 17

Es ist der 10. März, und ich liege mit Schröder – dem Hund, nicht dem Herrchen – in meinem Bett. Also eigentlich im Bett von Lukas' Mutter. Ich habe viele Möbel von ihr übernommen und bin total dankbar, dass alles so reibungslos geklappt hat – viel früher als gedacht, und ich fühle mich pudel-, ach ne, ridgebackwohl.

Lukas Schröder ist übrigens überhaupt nicht schwul. Als ich Ben gefragt habe, ob Lukas mal scharf auf ihn war und sie sich so kennengelernt haben, lachte er mich aus. Wie ich denn darauf gekommen sei, wollte er wissen.

Na hallo, geht's noch, ein Mann, der Frauenarzt ist? Das kann doch kein normaler Kerl wirklich wollen. Ich konnte nie nachvollziehen, warum man sich diesen Fachbereich aussucht. Als Frau macht es ja noch Sinn, aber warum will ein Mann so was sehen? Der kann doch nicht wirklich nach einem Arbeitstag mit zig verschiedenen – ihr wisst schon, was ich meine – noch Lust auf seine Frau haben. Mir würde da alles vergehen. Man sieht und riecht da bestimmt so viel Ekelhaftes, dass ich es mir nicht mal vorstellen möchte. Ich dachte, das kann man nur aushalten, wenn man schwul ist.

Auch die ganzen Frauenprobleme, die man sich da anhören muss. Ich habe noch nie einen Partner gehabt, der mir mal ganz locker ein paar OBs im Supermarkt gekauft hat, geschweige denn in der Lage war, mir aus der Apotheke eine Vaginalcreme zu besorgen.

Na ja, immerhin habe ich hier in Hamburg noch keinen Frauenarzt und sitze jetzt ja an der Quelle. Ach ne, er ist ja nicht schwul. Mist, dann gehe ich natürlich woanders hin. Das ist mir dann doch unangenehm.

Ich arbeite jetzt schon einige Zeit im Fitnessstudio, und es tut absolut gut, mal wieder andere Menschen um sich zu haben. Es motiviert mich direkt. In der Großstadt ist das Trainingsverhalten der Leute auch tatsächlich etwas anders, irgendwie konsequenter. Jedenfalls macht es mir mehr Spaß als in Göttingen.

Ich arbeite auf Stundenbasis und stelle meine Arbeit in Rechnung. So bin ich recht flexibel einsetzbar. Den Thekenbereich mache ich gar nicht mehr. Am Wochenende habe ich zwei Kurse und während der Woche je nach Absprache auch den einen oder anderen – besonders wenn Kollegen ausfallen, und das kommt hier sehr oft vor. Zusätzlich biete ich weiterhin Ernährungsbetreuung und Personaltraining über meine Homepage an.

Das passt alles gut, und ich kann nächsten Monat bei Lukas in der Praxis anfangen. Er braucht mich drei Vormittage, das kriege ich prima gewuppt.

Wenn der Ernährungsbereich entsprechend nachgefragt wird, kann ich das in der Praxis weiter ausbauen.

An den Tagen, wo Lukas in der Uni und im Krankenhaus ist, hätte ich dafür sogar einen eigenen Raum zur Verfügung. Im Fitnessstudio habe ich auch schon Konditionen ausgehandelt für Patientinnen, die zusätzlich zur Ernährungsberatung auch noch sporteln wollen.

Nun wird es aber Zeit, dass Schröder und ich aufstehen, denn heute soll ich in der Praxis eingearbeitet werden. Schröder hat bei mir geschlafen. Lukas hatte gestern ein Date und mich gefragt, ob der Hund bei mir bleiben kann. Wie selbstverständlich der Kerl einfach in mein Bett sprang und unter die Decke wollte. Aber das macht mir gar nichts aus, denn ich liebe diesen Hund und habe eine solche Bindung zu ihm, als hätte ich ihn von klein auf gehabt. Er riecht überhaupt nicht, haart jedoch ganz schön, was mich aber nicht stört.

Ich mache mir einen Kaffee und eine Scheibe Brot. Für Schröder habe ich gar nichts da, aber ein Brot mit Schinken geht immer. Das sieht Schröder auch so, und schwups ist es weg. Gut, das ging ja schnell. Vielleicht sollte ich mich auch mal in die Ernährung von Hunden einarbeiten? Schaden kann das bestimmt nicht.

Ob er mal raus will? Ich mache die Tür auf, aber da es ein wenig regnet, zieht Schröder sofort den Kopf ein, legt die Ohren an und geht wieder ins Bett. Lukas sagte mal, dass Schröder Regen hasst. Als ich daraufhin gelacht habe, meinte er, dass diese Meinung sogar Martin Rütter, der »Hundeprofi«, vertritt, der ja auch seit Kurzem einen Rhodesian Ridgeback hat. Die Abneigung gegen den Regen sei typisch, denn diese Rasse hat kein wirkliches Fell, Unterwolle schon gar nicht. Der Regen trifft also direkt kalt, wie er ist, auf die Haut. Bei anderen Rassen kommt der Regen erst aufs Fell, dann durch die Unterwolle, und bis er dann zur Haut durchgedrungen ist, ist er schon warm geworden – wenn es überhaupt einen Kontakt mit der Haut gibt. Aber so ein Afrikaner wie Schröder ist für Regenwetter nicht gerade gemacht.

Eigentlich tut mir das leid. Hunde zu züchten, die für ganz andere Regionen und klimatische Verhältnisse gedacht sind, ist verrückt und natürlich moralisch auch fraglich. Aber ich gebe den Kerl nicht mehr her, und für mich ist er ein Traumhund. Ich finde Regen auch furchtbar und habe keinen Bock, bei dem Wetter rauszugehen, daher kuschle mich noch kurz zu ihm. Ich denke, er fühlt sich hier bei mir ganz wohl.

Als ich auf die Uhr gucke, erschrecke ich und mache mich sofort auf ins Bad. Schröder folgt mir auf Schritt und Tritt. Und spätestens als ich auf dem Klo sitze, Schröder sich vor mir niederlässt und seinen dicken Schädel auf meinen Knien ablegt, wundere ich mich schon ein bisschen über diese Zuneigung. Beim Zähneputzen beobachtet er mich auch und lehnt sich mit seinen gut fünfzig Kilos gegen meine Beine. Seltsam, dass ein Hund so anhänglich sein kann, das hätte ich nicht gedacht. Unseren Flecki musste ich immer suchen, und Elli lag stets irgendwo im Flur rum. Sie wäre aber nie auf die Idee gekommen, beim Zähneputzen oder Pinkeln Wache zu schieben.

Kurz vor acht stehe ich mit Schröder bei Lukas vor der Tür, um ihn abzugeben, da ich ja in die Praxis muss. Theresa, meine schwangere Vorgängerin, will mich in diesem Monat einarbeiten, denn danach ist sie ja weg.

Lukas hat noch eine Stunde, bis auch für ihn der Praxistag beginnt. Vorher geht er noch mit Schröder spazieren. Viel Spaß, denke ich mir. Mann, wie perfekt diese Konstellation ist. Ich darf mit Schröder kuscheln, und er muss Gassi gehen. So macht Hundesitting Spaß!

»Ach ja«, rufe ich Lukas noch zu, »ich nehme Schröder jederzeit gerne wieder. Wir haben uns bestens verstanden. Gefressen hat er eine Scheibe Brot, ich hatte nichts anderes da.«

Lukas grinst. »Na ja, das ist ernährungstechnisch ja nicht gerade das Beste für einen Hund, aber er wird davon sicher nicht sterben. Und wenn er jetzt tierische Blähungen kriegen sollte, setze ich ihn dir einfach vor die Tür und klingle.«

Ich grinse zurück. »Ich verspreche, dass ich an dem Thema Hundeernährung arbeiten werde.«

Lukas lacht verschmitzt, und ich muss sagen, dass er selbst auch was Interessantes an sich hat – nicht nur diesen Traumhund.

Da höre ich eine weibliche Stimme im Hintergrund quieken. »Iiih, was ist das denn für ein Vieh? Du musst sofort meinen Schuh aus seiner Schnauze holen, sonst töte ich den, ohne Witz!«

Ich schätze mal, Lukas' Date vom Vortag hat gerade Schröder kennengelernt. Was für ein freundliches Wesen die doch hat.

Dann mache ich mich auf den Weg zur Einarbeitungsphase eine Etage tiefer. Arbeiten und wohnen in einem Haus – irgendwie grandios!

Kapitel 18

Die nächsten Wochen vergehen wie im Flug. Ich arbeite jetzt schon recht selbstständig an der Rezeption, komme gut mit den Patientinnen aus und habe viel Spaß. Theresa unterstützt mich am Telefon, so gut sie kann, und ich habe sie richtig lieb gewonnen. Schade, dass sie Mutter wird und wir somit wohl keine richtige Basis finden werden, um Freundschaft zu schließen. Ich verstehe ja, dass sie jemanden braucht, mit dem sie sich über Mutterprobleme austauschen kann.

Lukas ist ein toller Chef, ein netter Arzt und ein wirklich guter Freund für mich geworden. Wir haben diese Basis, denn Hundeleidenschaft ist definitiv eine Gemeinsamkeit. Und so sitzen wir sehr oft bei ihm oder mir zusammen, denn ich habe Schröder so sehr in mein Herz geschlossen, dass ich ihn gar nicht mehr hergeben möchte. Lukas schafft das aber auch nicht, und so bilden wir eine Art Zweckgemeinschaft. Da wir ja einmal am Tag essen müssen, treffen wir uns oft abends, bestellen oder kochen was und hängen zusammen mit Schröder ab.

Wenn Lukas keinen Frauenbesuch hat, gehen wir sonntags immer zusammen spazieren. Das ist mit

Schröder gar nicht so leicht. Denn wie es ein richtiger Rüde so macht, bläst er sich ganz schön auf, an der Leine noch viel mehr als ohne. Aber ohne geht er bei mir meistens eh nicht, da er nicht wirklich gut auf mein Rufen hört, wenn der Reiz zu groß ist. Daher traue ich es mir auch nicht zu, ihn ohne Leine laufen zu lassen. Wenn Lukas dabei ist, geht das natürlich besser, aber der vierbeinige Knallarsch rennt gerne mal zu anderen Hunden hin, und das erschreckt dann die anderen Hundehalter, und es gibt Krach.

Andere Rüden findet er meist extrem scheiße. Neulich bin ich mittags nach der Praxis schnell mit ihm raus, da die Sonne so schön schien und ich auch mal an die frische Luft wollte. Danach hatte ich noch eine Ernährungsberatung und wollte erst mal den Hund versorgt wissen. Ich hatte also mein Bürooutfit an, einen Jeansrock mit Leopardenleggings darunter. Seit ich Schröder liebe, habe ich irgendwie so einen Hang zum Afrikalook. Klamotten, Deko, Halsbänder – immer Leo- oder Zebraprint am Start. Ich frage mich, ob sich Huskybesitzer ein Iglu ins Wohnzimmer stellen oder Bernhardinerleute Kuhglocken im Regal stehen haben? Na ja, jedenfalls zog ich mir nur einen Pulli drüber, denn es war ja mittlerweile schon Frühling. Und dann ging es ab in den Stadtpark.

Als uns ein Mann mit einem Schäferhund entgegenkam, hatte ich schon das Gefühl, dass es gleich Ärger geben würde. Beide Hunde duckten den Kopf, die Rute ging hoch, und sie fixierten sich. Spannung lag in der Luft – und besonders an der Leine. Ich kannte das Theater ja schon und musste nicht das erste Mal mit fünfzig Kilo an der Leine kämpfen. Wenn ich darauf vorbereitet bin, klappt das auch ganz gut. Auch wenn mich Physik nie wirklich interessiert hat, aber diese Hebelwirkungsgeschichte macht schon Sinn. Den Hund am Halsband eng am Körper halten und einfach stehen bleiben, ist absolut die beste Lösung.

In dieser Situation stellte sich jetzt aber tatsächlich das Problem, dass Schröder viel früher anzog als sonst. Er war so verbissen darauf, den ersten Schlag zu setzen, dass ich einfach noch nicht darauf vorbereitet war. Auf jeden Fall fiel ich voll in den Dreck, der Schäferhund machte natürlich auch tierisch Rabatz, und ich dachte nur, lass diese Leine nicht los, egal was passiert.

Ich lag nun also auf dem Rücken, die Beine in der Luft – man bedenke die Leopardenhose – und die Leine fest umklammert über meinem Kopf. Schröder stand über mir, die Hinterbeine links und rechts von meinem Kopf, und stierte immer noch pausenlos auf den Schäferhund. Ich guckte also genau auf seine Pistole. Sie hing direkt über meinem Gesicht, und ich hoffte, nein, ich betete – und das heißt bei mir schon was –, dass jetzt nichts herauströpfeln möge.

Der Typ mit dem Schäferhund ging einfach weiter. Er erkundigte sich nicht, ob es mir gut gehe oder ob er helfen könne, obwohl ich da im Dreck lag. Es war ja nicht nur Schröder, der Theater machte, sondern sein Prachtkerl war auch nicht ohne. Andererseits auch gut, denn somit wurde Schröder ruhiger. Ich hoffte nur, dass ich ihn noch halten kann und kein Urin oder sonst ein Pimmelsekret in meinem Gesicht landet.

Ich war so sauer auf Schröder. Mir war absolut nach einer Runde Abheulen zumute. Aber sollte ich mir diese Blöße jetzt auch noch geben? Nein, beschloss ich. »Schröder, du blödes Arschloch«, fauchte ich ihn an, »wir werden jetzt so was von in die Hundeschule gehen, dass du diesen Tag noch bereuen wirst.«

Zu Hause angekommen klingelte ich bei Lukas. Als er die Tür öffnete, drückte ich ihm seinen Hund in die Hand. »Ich muss mich jetzt umziehen«, zischte ich. »Aber merke dir eines: Ich werde nie wieder mit diesem Psycho-Köter Gassi gehen, wenn er nicht lernt, ordentlich an der Leine zu gehen!«

Als Schröder mich mit seinen dunklen Augen traurig und entschuldigend anguckte, bekam ich aber prompt ein schlechtes Gewissen. »Schröder, ich liebe dich«, sagte ich schließlich schon wieder etwas versöhnlicher, »aber das machst du nie wieder mit mir. Tschüss, ihr beiden, ich habe noch Termine.«

Gegen acht Uhr abends klingelte es an meiner Tür. Ich machte auf, und draußen stand Lukas, der mich etwas unsicher anlächelte. Er hatte eine Flasche Wein in der Hand und Schröder neben ihm eine Rose am Hals stecken, die von einer großen Schleife gehalten wurde.

»Hast du Lust auf ein Glas Wein?«, fragte Lukas mit leiser Stimme. »Ich will mich für meinen Hund entschuldigen. Was auch immer da heute passiert ist, es tut mir leid – und Schröder ganz besonders.«

Ich freute mich so sehr über die beiden, und als ich Lukas die Story erzählte, musste ich selbst darüber lachen. Schröder lag völlig desinteressiert auf der Couch, und ich saß mit einem Glas Wein im Schneidersitz auf dem Boden. Eigentlich hätte ich mich fragen sollen: Wer findet den Fehler?

Kapitel 19

Am nächsten Wochenende fahren Lukas Schröder, Hund Schröder und ich zum Hundeübungsplatz. Außer uns sind nur Junghunde da. Schröder mit seinen vier Jahren und dem bereits leicht grauen Schnäuzchen sticht da altersmäßig schon etwas heraus.

Es werden verschiedene Übungen gemacht, bei denen sich Schröder eigentlich ganz gut anstellt. Die Übungen sollen natürlich zu Hause vertieft werden. Mir ist klar, wer das von uns übernehmen wird. Lukas ist vier Jahre lang auch so mit dem Kerl zurechtgekommen, aber ein Mann kann natürlich auch viel mehr mit Kraft in den Griff kriegen als ich. Ich habe ja gesehen, wie weit ich damit gekommen bin.

Hundeschule hin oder her, ob das was bringt, wird sich zeigen. Das Problem bei der Sache ist, dass Schröder ganz genau weiß, dass er eine Stunde lang gehorchen muss, wenn das Tor zur Trainingswiese aufgeht. Die eine oder andere Übung habe ich mal mit ihm im Stadtpark versucht, und das hätte ich mir definitiv sparen können. Schröder bleibt tatsächlich nur auf dem Übungsplatz locker sitzen, während andere Hunde um uns herumgehen. In der Öffentlichkeit zeigt er mir dagegen den Stinkefinger. Ich habe es auch irgendwie aufgegeben, aber die angenehme Begleiterscheinung, jetzt sozusagen jeden Samstag ein Date mit Lukas zu haben, finde ich sehr schön!

Schon oft habe ich überlegt, Ben mal ganz nebenbei zu fragen, ob Lukas sich irgendwie nach mir erkundigt. Ich bin doch gar nicht so unattraktiv. Warum versucht er es denn nicht bei mir? Ich bin jetzt zwar nicht total verknallt, aber ich finde ihn interessant und fühle mich in seiner Nähe einfach geborgen. Hat er dieses Gefühl denn überhaupt nicht? Eigentlich ergänzen wir uns doch ganz gut.

Aber Ben würde das sofort blicken und es vielleicht Lukas erzählen. Und es wäre eine Katastrophe, wenn sich unser Verhältnis dadurch ändern würde. Es läuft gerade alles so gut, das möchte ich nicht riskieren.

Ich weiß ja auch nicht, was das für eine Tussi ist, die er da ab und an zu Besuch hat. Vielleicht ist sie ja auch mittlerweile seine Freundin. Egal, ich sollte mich momentan einfach nur auf meinen Job konzentrieren, der mir in Lukas' Praxis wirklich viel Spaß macht.

Kapitel 20

Ein paar Tage später stehe ich drüben bei der Nachbarin, nur bekleidet mit einer Unterhose und einem Tanktop.

Wie mir das passieren konnte? Nun, ganz einfach. Ich wollte gerade Nudeln kochen, hatte schon das Wasser aufgesetzt und ging nebenbei auf die Terrasse, um Wäsche aufzuhängen. Schröder wollte mir hinterher, sprang zur Terrassentür – und bums, war die Tür zu. Die Klinke hat er natürlich direkt mit runtergedrückt, sodass ich nun draußen stand und er drinnen. Das beeindruckte ihn aber ganz und gar nicht. Er legte sich aufs Sofa und glotzte mich durch die Scheibe doof an. Als ich nach ihm rief und an die Tür klopfte, stand er tatsächlich kurz auf, aber nur um seine Position zu verändern und mir den Rücken zuzukehren. Glanzleistung, Schröder, vielen Dank!

Da die Praxis geschlossen war, Lukas in der Uni und ich natürlich kein Handy dabeihatte, blieb mir also nichts anderes übrig, als rüber zur Nachbarin zu gehen und von dort aus Lukas Bescheid zu geben.

Und so stehe ich nun hier und flippe beinahe aus. Das Nudelwasser muss ja bald kochen. Fragen über Fragen huschen mir durch den Kopf: Wie lange kocht Wasser? Was kann passieren, wenn das Wasser verkocht ist? Brennt dann der Topf? Mann, warum habe ich auch in der Schule nie aufgepasst!

Bald merke ich jedoch, dass es ohne Handy – und damit auch ohne Lukas' Handynummer – ein Ding der Unmöglichkeit ist, ihn zu erreichen. Wer hat schon Handynummern im Kopf, wenn man sie bequem auf dem Handy speichern kann?

Gut, ich sehe ein, es funktioniert nur über Ben. Aber der geht ja so gut wie nie ans Telefon. Seine Nummer kenne ich auswendig, denn die hat er schon seit gefühlten zehn Jahren, und außerdem ist sie echt blondinenfreundlich.

Wider Erwarten geht Ben tatsächlich ran. Er sitzt gerade mit Lukas beim Essen! Glück im Unglück also. Lukas setzt sich direkt ins Auto und erlöst mich von der Nachbarin, die mir mittlerweile so was von auf den Sack geht. Doch ich bin zu dankbar, um unfreundlich zu sein. Ich hatte solch eine Angst, die Bude samt Schröder abzufackeln.

Als wir wieder daheim angekommen sind, sage ich Lukas auf den Kopf zu, dass ich seinen Hund hasse und dass weder die Hundeschule noch die Übungen zu Hause was bringen würden. Samstags um drei, wenn wir auf den Hundeplatz gehen, reißt er sich für eine Stunde zusammen, und sobald er mit mir im Stadtpark ist, lacht er mich aus. Doof ist das Vieh nicht, und obwohl ich ihn so lieb habe, kriege ich irgendwann noch mal einen Nervenzusammenbruch.

Lukas hält sich mit einer Antwort zurück und denkt sich wahrscheinlich: Lass den Löwen einfach brüllen, die beruhigt sich schon wieder. Und Recht hat er.

Schröder zeigt sich total unbeeindruckt, als ich die Wohnung wieder betrete und ihn frage, ob er noch alle Latten am Zaun habe. Er dreht sich gemütlich auf die Seite, wedelt mit dem Schwanz und leckt mir über das Gesicht. Mann, wer kann diesem Vieh böse sein?

Am Abend bin ich bei Schröder und Lukas in der Wohnung, und wir essen chinesisch. Zu zweit ist so ein Mindestbestellwert gar kein Problem. Überhaupt ist alles schöner zu zweit, in diesem Fall zu dritt. Abgesehen davon, dass Schröder an einem ekelhaft stinkenden Pansenteil kaut, das mir irgendwie den Appetit nimmt, ist der Abend perfekt. Aber was soll's. Ich gönne es ihm und freue mich, dass es ihm schmeckt. Lukas und ich sitzen alles andere als stilvoll im Schneidersitz auf dem Sofa und essen aus der Pappschachtel. Völlig egal, ich fühle mich genau so, wie die Situation gerade ist, total wohl.

Ich frage Lukas, wie er auf den Hundenamen Schröder gekommen ist. Klar, es ist sein eigener Nachname, aber die anderen Ridgebacks, die ich im Park treffe, haben alle ausgefallene afrikanische Namen mit einer bestimmten Bedeutung. Einen fand ich besonders toll, Jabali, was wohl *Fels in der Brandung* heißt. Ayo steht für *große Freude* und Antar für *Held*. Da ich eh eine leichte esoterische Ader habe, mag ich so was ja. Ich glaube, dass so ein Name mit Bedeutung auch irgendwie ein positives Karma weitergibt. Ein Tier, das man Devil nennt, kann eigentlich gar nicht anders, als sich teuflisch zu benehmen.

Außer Schröder habe ich noch keinen Ridgeback kennengelernt, der nicht so einen würdevollen Namen hatte. Gut, ich kenne die Rasse ja noch nicht lange, aber seitdem bin ich schon recht vielen ihrer Vertreter begegnet, und ein Socke, Pelle oder Struppi ist mir noch nicht untergekommen. Das würde irgendwie auch gar nicht passen. Warum laufe ich jetzt also mit einem Schröder herum? Ich will auch einen Jabali oder Gitonga.

Lukas hält das für bescheuert und elitär. Die Ridgeback-Züchter und diese ganze Hundemafia findet er eh zum Kotzen. Die halten sich alle für was Besseres, und er kann mit so was nichts anfangen. Seinem Hund hat er schon allein aus dem Grund keinen afrikanischen Namen gegeben, um die Ridgeback-Elite zu ärgern. Lukas wollte nicht deshalb einen Ridgeback, weil er sich toller und besser fühlt, wenn er mit so einem besonderen Hund herumläuft, der dann auch noch einen Namen hat, den keiner aussprechen kann, sondern weil er ein bisschen aussieht wie Pluto, der Hund von Micky Maus. Mit diesen Geschichten ist Lukas groß geworden, und er wollte immer einen Hund, der Pluto ähnelt.

Auf einer Hundeausstellung machte er sich auf die Suche nach so einem Exemplar und blieb in Halle 9 bei den Ridgebacks hängen. Sofort war er total begeistert. Nach einem langen Gespräch mit einer Züchterin war es beschlossene Sache. Dieser Hund hatte dazu noch die perfekten Charaktereigenschaften, und er hat diese Wahl noch keinen einzigen Tag bereut!

»Als ich mit dem Kerl zu Hause ankam, ihn auf dem Arm hielt und nach dem Schlüssel suchte, guckte ich auf mein Klingelschild, und da stand logischerweise *Schröder*«, erzählt Lukas. »Da wusste ich, wie ich ihn nenne.«

Schade eigentlich. Ich finde es toll, wenn eine Rasse so eine schöne Gemeinsamkeit hat und afrikanische Namen vergibt. Irgendwie passt das zu diesen Hunden. In letzter Zeit habe ich viel über die Rasse gelesen und mich mit ihr beschäftigt. Sie haben wirklich ein ganz besonderes, eigenes Wesen. Das ist aber nicht nur positiv zu sehen, denn wenn ein Hund so hochsensibel, vorsichtig und tiefgründig ist wie ein Ridgeback, kann das dem Besitzer wirklich den letzten Nerv rauben. Besonders von der erzieherischen Seite ist das sehr schwierig. Einen Hund, der so wehleidig ist wie Schröder, kann man mit Druck nicht kleinkriegen. Der wird dann nur noch ängstlicher und zieht sich zurück. Ich habe auch immer das Gefühl, dass Schröder weiß, was ich denke und wie es mir geht. Als hätten die Ridgebacks einen Sinn mehr als wir Menschen oder auch als andere Hunde. Gut, meine Erfahrung mit Hunden ist zwar nicht besonders groß, aber einen Hund wie diesen habe ich noch nie erlebt.

Wenn ich mal meinen eigenen Ridgeback habe, werde ich ihr – denn es wäre sicher eine Hündin, einen Rüden kenne ich ja schon – einen afrikanischen Namen geben, das steht fest.

»Denkst du wirklich darüber nach, dir einen Hund anzuschaffen?«, will Lukas wissen.

Ich überlege kurz, dann schüttle ich den Kopf. »Nein, eigentlich nicht. Ich bin doch schon mit Schröder ausgelastet.«

Er nimmt einen Schluck aus seinem Glas. »Ich finde die Idee aber gar nicht so schlecht. Schröder wäre nicht so allein, und jeder von uns beiden könnte für sich mehr unternehmen. Die Hunde könnten zusammen sein, und wir bräuchten kein schlechtes Gewissen zu haben. Das habe ich nämlich schon, wenn ich Schröder allein lasse – und auch dir gegenüber, wenn ich ihn dir so oft aufs Auge drücke. Du kommst ja so auch gar nicht unter Leute, und vielleicht möchtest du auch mal wieder einen Mann kennenlernen …«

Er redet dann noch weiter und meint, dass die Zeit doch jetzt perfekt dafür sei. Ich hätte mich prima eingearbeitet, die Sache mit der Ernährungsberatung laufe doch auch schon super, und nun solle ich auch mal wieder an mein Privatleben denken. Wir haben Juni, und ein Sommerwelpe sei doch super!

Ich höre nur noch mit halbem Ohr hin, denn Enttäuschung macht sich in mir breit, weil er mir einen Mann aufschwatzen will. Mist, warum stört mich das denn? Empfinde ich doch mehr für Lukas, als ich dachte? Jedenfalls antworte ich ihm, dass ich total ausgeglichen und jetzt erst mal froh sei, mir keine Gedanken um andere machen zu müssen. Das letzte halbe Jahr hat mich so was von neu geformt, und die letzten Monate waren die schönsten seit langer Zeit. Das verdanke ich unter anderem sehr den beiden Schröder-Männern.

Da wir nun schon mal beim Thema sind, beschließe ich, Lukas mal direkt nach seinem Privatleben zu fragen. Viel länger würde ich es ohnehin nicht mehr aushalten. Ein netter, aufrichtiger, seriöser Typ wie er hat keine feste Freundin und ist Frauenarzt? Wie kommt man auf so einen Schwachsinn? Den ganzen Tag nackte Frauen zu sehen, anzufassen, zu riechen und so weiter. Wir reden ja hier nicht nur von Frauen à la Heidi Klum und Claudia Schiffer. Ich weiß nicht, wie ein junger Mann auf so ein Fachgebiet kommen kann. Als Schwuler vielleicht, aber so? Seit unserer ersten Begegnung brennt mir diese Frage unter den Nägeln.

Er wird recht ruhig, aber er erzählt es mir. »Im Studium habe ich die Liebe meines Lebens kennengelernt. Jasmin und ich waren unzertrennlich, beste Freunde mit grandiosem Sex. Wir wollten heiraten und viele Hunde adoptieren.«

Na ja, so genau wollte ich es nun auch wieder nicht wissen. Und ich merke, dass mir das einen Stich versetzt. »Aber was hat euren Plan denn durchkreuzt?«, frage ich. Mir ist klar, entweder sie hat ihn betrogen, oder sie hatte einen tödlichen Unfall oder eine Krankheit.

»Ein tödlicher Brustkrebs ließ diese Vision leider nicht wahr werden«, antwortet er und dreht dabei sein Glas in den Händen. »Sie starb, noch bevor sie ihr Studium zu Ende bringen konnte. Für mich brach eine Welt zusammen. Eigentlich wollte ich in die Chirurgie und war da auch schon recht weit. Doch dann beschloss ich, meinen Schwerpunkt auf die Gynäkologie zu legen, in der Hoffnung, vielleicht anderen Frauen helfen zu können. Jasmin war davor jahrelang nicht beim Frauenarzt gewesen, und vielleicht hätte man etwas für sie tun können, wenn der Krebs früher entdeckt worden wäre. Sie sagte immer, sie hasse Prophylaxe. Zum Arzt gehe man, wenn man Schmerzen hat, aber das Leben sei zu kurz, um in Wartezimmern zu sitzen, nur um zu gucken, ob da vielleicht was sein könnte. Wenn es dann so kommt, sei das Schicksal und solle dann eben so sein. Als es in ihrem Fall tatsächlich so war, nahm sie es genau so an, wie das Schicksal es wollte. Ohne Chemo hatten wir noch sechs tolle Monate zusammen, bis es vorbei war.«

Er ist nachdenklich und still geworden, und ich sage auch nichts. Ich merke, dass ihn die Sache sehr mitnimmt, aber er weint nicht.

»Das ist jetzt schon einige Jahre her«, erzählt er schließlich weiter. »Ich werde nie wieder eine Frau finden wie Jasmin. Deshalb habe ich es aufgegeben zu suchen. Vielleicht steht mir sogar die Angst im Wege, wieder so einen Verlust erleiden zu müssen. Es ist alles gut so, wie es jetzt ist. Ich lerne viele Frauen im Krankenhaus und an der Uni kennen, aber die interessieren mich nicht ernsthaft. Ich bin auch nicht unglücklich. Ich habe ein paar Affären für die körperlichen Bedürfnisse, Schröder für das Herz und die Kuschelmomente – und eine tolle Untermieterin zum Quatschen. Was brauche ich mehr?«

Jetzt lächelt er. Ich nehme ihn in den Arm, und wir bleiben eine Zeit lang eingekuschelt nebeneinander liegen. Bis Schröder vor dem Sofa auftaucht, seinen Riesenschädel auf die Armlehne legt und wohl darüber nachdenkt, wie er seine Kilos denn jetzt noch zwischen uns schieben könnte. Wir schauen ihn an und beginnen zu lachen.

Kapitel 21

Am Samstag sind Lukas, Schröder, Ben und ich im *Café May* zum Frühstück verabredet. Von neun bis vierzehn Uhr gibt es dort ein reichhaltiges Frühstücksbüffet für weniger als zehn Euro, da kann man nicht meckern. Da wir es auf die tollen Außenplätze abgesehen haben, nehmen wir Schröderchen mit.

Lukas und ich spazieren mit Schröder durch den Stadtpark, um Ben abzuholen, da das Café fast bei ihm um die Ecke ist. Heute haben wir wirklich mal schönes Wetter erwischt. Die Luft ist noch total frisch, und ich genieße diesen Start in den Tag.

Jeder ist mit seinen Gedanken beschäftigt, und wir laufen einfach nebeneinander her, ohne viel zu sagen, aber dennoch ohne diese peinliche Stille, die manchmal zwischen zwei Menschen entsteht.

Ich ertappe mich dann immer wieder dabei, aus der Not heraus irgendeinen Quatsch zu erzählen, nur damit irgendjemand etwas sagt. Aber heute habe ich dieses Bedürfnis nicht. Man kann doch auch zusammen mal die Klappe halten. Mit Lukas kann ich das. Vielleicht werde ich aber auch einfach nur älter und besonnener.

Lukas und ich wissen beide, dass es mit der Ruhe sowieso gleich vorbei ist, wenn wir Ben abgeholt haben. Der wird uns wieder Geschichten erzählen, von denen wir rote Ohren kriegen. Lukas isst mit Ben einmal die Woche in der Uni-Mensa, und er sagt, er findet den Typen unglaublich. Er hätte gern etwas von seiner lockeren Art, seiner Gelassenheit und ganz viel von seinem Charme. Aber dieses Rastlose ist nicht seines. Nie zufrieden zu sein, zur Ruhe zu kommen und sich frauentechnisch auch nie festzulegen, kann auf Dauer echt an die Substanz gehen. Aber Ben ist ja mehr als zehn Jahre jünger als Lukas, und vielleicht kommt das bei ihm auch noch. Er soll die Zeit genießen, solange er noch kann. Irgendwann bumst er eine an, und dann hat das Schicksal entschieden, da ist sich Lukas sicher.

Was? Ich hätte echt nicht damit gerechnet, so etwas aus Lukas' Mund zu hören. Er hat aber manchmal auch wirklich einen trockenen Humor. So was mag ich ja total gerne. Scheiße Mann, der Typ soll mir bitte nicht gefährlich werden, das kann nur übel enden.

Bei Ben angekommen klingeln wir, aber niemand öffnet. Ich rufe ihn an, doch das Handy ist aus.

»Tja«, sage ich, »lass uns schon mal zum Café gehen, er wird sich bestimmt melden. Entweder pennt er wieder wie ein Toter, dann kriegt ihn keiner wach, oder er ist bei irgendeiner Trulla.«

Als wir beide noch recht klein waren, habe ich Ben im Schlaf mal eine richtig fiese Portion Chili in die Nase geschmiert, und er ist nicht aufgewacht, sondern hat wie ein Stein weitergepennt. Daraufhin konnte er drei Tage lang nichts riechen und hat seitdem ein Problem mit den Schleimhäuten. Er weiß das aber zum Glück nicht mehr und kann sich sein Nasenproblem nicht erklären. Ich habe bis heute auch nichts gesagt. Meine Mutter hätte mich übers Knie gelegt, und jetzt ist es irgendwie schon zu lange her, als dass ich es noch aufklären möchte.

Im *Café May* finden wir tatsächlich draußen einen tollen Platz im Halbschatten und bedienen uns am Büffet.

Schröder bleibt am Tisch zurück und kommt nicht zur Ruhe. Er dreht sich, fiept, legt sich kurz hin, dann steht er wieder auf, um seine Position zu wechseln. Und so geht es bestimmt noch zehn Minuten weiter.

»Weißt du nicht, was er hat?«, frage ich Lukas.

Er zuckt mit den Schultern. »Schröder nervt immer so, wenn wir essen gehen. Das ist auch der Grund, warum ich ihn eigentlich nie mitnehme. Wahrscheinlich langweilt ihn das hier.«

»Vielleicht will er ja auf einer Decke liegen.«

Lukas schaut mich entsetzt an. »Ernsthaft, Lilly?« Na ja, er guckt eher so, als wollte er fragen, ob ich sie noch alle habe. »Schröder ist ein Hund, warum sollte er auf einer Decke liegen wollen?«

Jetzt kontere ich lachend. »Ernsthaft, Lukas? Schröder, ein Hund? Das wäre mir neu. Er hasst es, in den Garten zu gehen, wenn es nass ist. Lieber geht er stundenlang nicht pinkeln, bevor er feuchtes Gras betritt oder sogar nur lockere Erde zwischen die Pfoten bekommt. Von Buddeln und Bällchenspielen rede ich schon mal gar nicht, denn so was interessiert ihn ja auch nicht. Wind, Kälte, Regen, Dunkelheit und alles, was unangenehm ist, meidet er, so gut er kann. Zu Hause liegt er auf dem Sofa, im Bett, auf einem Teppich und zur Not auch mal in seinem Körbchen. Warum soll er dann hier im Café auf dem nackten Boden liegen? Leg ihm verdammt noch mal etwas unter seinen Hintern, dann kommt er zur Ruhe, und du kannst ihn künftig auch öfter mitnehmen. Das sagt mir mein Gefühl, vertraue mir. Probieren wir es doch aus: Wir nehmen meine Strickjacke, und wenn er sich drauflegt und Ruhe gibt, bezahlst du, ansonsten ich. Wetten?«

Wir schlagen ein, und das Projekt beginnt. Die Sonne ist rausgekommen und die Luft sehr angenehm geworden. Ich ziehe meine Jacke aus, lege sie auf den Boden, und es dauert keine zwei Sekunden, bis Schröder drauflegt, zur Seite wegkippt und einschläft. Seine Nase fängt die Sonnenstrahlen ein, und das leichte Wackeln seiner Nasenspitze verrät, dass er die Gerüche um ihn herum genießt und in sich aufsaugt.

Lukas guckt mich an und kann wohl nicht glauben, was er da sieht. »Mit mir kann er so was nicht machen«, sagt er kleinlaut, aber irgendwie auch dankbar, denn jetzt haben wir endlich Ruhe. »Wie oft habe ich ihn schweren Herzens zu Hause gelassen, wenn ich in den Biergarten bin, aber keine Lust auf sein Gezappel am Tisch hatte.«

»Dann kaufst du dir das nächste Mal besser einen Setter oder so«, entgegne ich, »aber keinen Rhodesian Ridgeback. Die setzen sich doch nicht mal auf den Hintern.«

Mir ist das in der Hundeschule schon aufgefallen. Alle Hunde machen *Sitz und Platz*, wie man es von ihnen erwartet. Nur Schröder setzt sich so hin, dass man noch mindestens eine Hand unter seinen Hintern schieben kann. Auch *Platz* ist ganz schwierig mit ihm. Er versteht wohl, was ich von ihm will, doch es sieht in der Ausführung mehr als lächerlich aus. Die langen Vorderbeine knicken zwar leicht ein, aber er legt sich niemals ganz auf die »Ellenbogen« – falls man die beim Hund überhaupt so nennt. Die Chance, dass ein Ridgeback das so macht, ist definitiv bei trockenem Boden größer, denn wenn das Gras nass ist, kann man diese Übung gleich vergessen. Ich habe das Problem auch schon mit anderen Ridgebackhaltern diskutiert, und das scheint genetisch festgelegt zu sein.

»Lukas, du kennst deinen Hund einfach nicht gut genug«, sage ich schließlich. »Oder du bist einfach nicht sensibel genug, um seine Bedürfnisse zu erkennen.«

Wir lachen beide und essen total entspannt unser Frühstück, während Schröder auf meiner Jacke liegt und leise knurrend und mit zuckenden Pfoten vor sich hin träumt.

Gegen halb eins kommt Ben dazu. »Sorry, ich habe verpennt und war auch nicht zu Hause, aber ich habe euch nicht vergessen«, meint er mit einem entschuldigenden Blick. Lukas und ich schmunzeln uns an und sind gespannt, welche Story Ben uns jetzt wieder erzählen will.

Anscheinend hat er gestern gechattet. Da gibt es so eine App, *LOVOO*, eine kostenlose Chat-App, bei der du die Frauen in deiner Umgebung angezeigt bekommst, die dort angemeldet und flirtbereit sind. Ich verstehe die Vorgehensweise auf die Schnelle nicht so richtig, will aber auch nicht weiter nachfragen. So sehr interessiert mich der Quatsch nun auch nicht.

Jedenfalls saß seine Chatpartnerin wohl keine drei Straßen weiter und wollte, nachdem sie Bens Profil gesehen hatte, direkt 'ne Nummer schieben. Da sie aber auf Nummer sicher gehen wollte, hat sie Ben zu sich eingeladen. Ihre Mitbewohnerin war zu Hause und konnte so auf sie aufpassen.

Schön, dass die Frauen wenigstens in diesem Fall an ihre Sicherheit denken, was bei der Kondomfrage dann wieder fahrlässiger gehandhabt wird. Ich komme mit so was gar nicht klar. Was sind das nur für Machenschaften? Sind die Menschen heute alle so offen, freizügig und experimentierfreudig? Oder waren sie das schon immer, und ich Hinterwäldlerin kriege es jetzt erst mit? Ich würde diese Geschichten niemals glauben, wenn Ben sie mir nicht exklusiv berichten würde.

Ich fasse zusammen: »Also, Ben, du bist nach ein paar Stunden chatten …«

»Nein«, korrigiert er mich, »nach zehn Minuten.«

»Okay, dann bist du also zu dieser Frau in der Nachbarschaft, um mit ihr zu schlafen?«

»Ja, genau so läuft das ab.«

»Und sah die auch aus wie auf den Bildern und war tatsächlich bumsbar?«, mischt sich Lukas interessiert in die Unterhaltung ein.

Ben schmunzelt und zwinkert ihm zu. »Absolut!«

»Und wie sieht das mit Verhütung oder Schutz vor Krankheiten aus bei diesen spontanen Treffen?«, fragt Lukas jetzt schon etwas strenger.

Ben grinst. »Also, Herr Doktor, das läuft, mach dir da mal keine Sorgen.«

Ich kann und will die Story nicht glauben und bin echt entsetzt. Gar nicht über die Männer, aber dass Frauen sich für so was nicht zu schade sind. Das ist wohl die neue Sexrevolution.

Ich schicke Ben zum Buffet. Er soll sich Rührei holen, damit er wieder zu Kräften kommt.

Als er weg ist, sieht Lukas mich ein wenig besorgt an. »Ist alles okay?«

Ich zucke die Schultern. »Wie man's nimmt.« Dann platze ich mit meiner Frage heraus: »Glaubst du als Arzt auch, dass sich das Sexualverhalten der Frauen immer mehr ändert? Oder bin ich einfach nur zu prüde, da ich mit so was überhaupt nichts anfangen kann?«

Ich kann Liebe und Lust nicht voneinander trennen. Wenn ich nicht verliebt bin, habe ich auch kein Bedürfnis nach Sex.

»Na ja«, meint Lukas, »es gibt immer solche und solche. Mach dir keine Sorgen, du bist sicherlich nicht anders als andere.«

Und dann kommt der Mediziner in ihm durch. Er erklärt mir, dass jeder Mensch andere Bedürfnisse hat. Viele legen sich nicht mehr gerne fest. Und in einer Großstadt ist das noch einmal ganz anders als auf dem Land. Die Auswahl ist einfach zu riesig, die Reizüberflutung groß, und ich soll es doch einmal mit einem rollenden Supermarkt auf dem Dorf und einem sky-Markt in Berlin vergleichen. Auf dem Dorf ist man froh, wenn zweimal die Woche dieser Wagen mit Lebensmitteln angerollt kommt und er eine Tüte Gummibärchen dabeihat. Der sky-Markt in der Metropole hat dagegen von morgens um sieben bis abends um zehn, mittlerweile vielleicht sogar schon rund um die Uhr geöffnet, und es gibt dort wahrscheinlich hundert verschiedene Tüten Gummizeug. Der eine Mensch gibt sich mit der einen Tüte zufrieden, der andere will jeden Tag neu durchprobieren. Wir werden das nicht mehr ändern können. Jedem das Seine.

Ben kommt mit einem Megateller voll Rührei wieder und mustert uns eingehend. »Was geht eigentlich mit euch beiden?«

Bevor mir die Schamesröte ins Gesicht steigt, macht sich glücklicherweise unser Tisch selbstständig. Na ja, eigentlich ist das ja eher peinlich, aber in dieser Situation echt super. Wir sehen nur noch, wie unser Tisch – vorneweg natürlich Schröder – hinter einem Hund herrennt. Danke, Kumpel!

Es geht alles so schnell, dass wir nur noch hinterhergucken können. Wir hören das Frauchen des anderen Hundes kreischen: »Nehmen Sie den Hund weg, meine Maja ist läufig!«

Apropos Maja, mit ihr habe ich auch schon lange nicht mehr gesprochen, aber irgendwie hatte ich nie Zeit dafür. Ich sollte mich mal wieder melden, versuche ich mir zu merken.

Lukas hat mittlerweile die Lage im Griff. Mit so einem Tisch im Schlepptau kommt selbst Schröder nicht weit. Wir sind jetzt Gesprächsthema Nummer eins im Café. Einige finden es amüsant, andere reagieren empört, dass wir nicht besser auf unseren Hund aufgepasst haben.

Ben klopft Schröder lachend ab. »Klar, wenn die Frauen schon mal willig sind, muss man das auch ausnutzen.«

Lukas hingegen ist sauer auf Schröder, und ich rufe der Frau hinterher, wie sie denn mit einer läufigen Hündin so durch die Menge spazieren könne. Irgendwie schiebt jeder die Schuld auf den anderen. Wir haben Schröder mal wieder nicht genug beobachtet und ärgern uns eigentlich am meisten über uns selbst.

Schröder belohnt sich jetzt mit Bens Rührei, das er vom Boden aufleckt. Na ja, immer noch besser, als wenn wir es jetzt vom Boden kratzen müssten. Und Ben holt sich einen neuen Teller.

Kapitel 22

Abends liege auf dem Sofa und zappe durch die TV-Kanäle. Ich bleibe bei einer Tiersendung hängen. Yippie, so was habe ich ja ewig nicht mehr geguckt. Ich mache mir jetzt einen leckeren Nespresso Kaffee mit aufgeschäumter Milch – ohne George Clooney on the top, aber das macht nichts, der ist eigentlich eh nicht so mein Typ.

Mit einer großen Schale Milchkaffee und einer Decke mache ich es mir bequem und schaue den Bericht über den Hund Socke an. Er ist erst anderthalb Jahre alt und leidet seit dem ersten halben Jahr seines Lebens an immer wiederkehrenden Ohrenentzündungen. Socke, der arme Kerl, reibt sich ständig die Ohren und schüttelt diese, bis die Ohrränder platzen und bluten. Das verzweifelte Frauchen war bei drei Tierärzten und hat alles versucht.

Der Tierarzt erklärt, dass der Gehörgang von Rasse zu Rasse unterschiedlich lang ist und knapp hinter der Ohrmuschel eine starke Biegung macht, sodass er dort nur noch schlecht erreichbar ist. Bei diesem engen Gehörgang setzt sich das Ohrenschmalz so tief hinein, dass das Ohr nicht ausreichend belüftet wird und sich somit

Hefepilze so richtig schön einnisten können. Daher kommen die Entzündungen immer wieder, so jedenfalls die Vermutung des Tierarztes. Den einzigen Ausweg sieht er jetzt darin, die Gehörgänge nach außen zu verlegen. Keine Ahnung, wie das medizinisch funktioniert, auf jeden Fall sollen die Ohren so Luft bekommen und hoffentlich alles besser werden. Ich werde mir Schröders Ohren demnächst wohl auch mal ansehen müssen.

Das TV-Team besucht Socke ein halbes Jahr später zu Hause, um nachzufragen, wie es ihm jetzt nach der OP geht. Der Hund sieht super aus, die Ohrränder sind nicht mehr entzündet, und Frauchen ist glücklich. Der Grund dafür ist aber nicht eine geglückte, sondern eine abgesagte OP. Seit Frauchen alle drei Tage eine Ohrspülung macht, ist der Hund beschwerdefrei. Der Tipp kam von dem neuen Freund ihrer Schwester. Seitdem sind die Ohren sauber, gesund und geruchsfrei. Da kann man mal sehen, wie einfach es sein kann. Also Augen auf bei der Auswahl des Tierarztes!

Warum hat die Schwester diesen neuen Typen nicht schon früher mitgebracht? Das hätte allen viel Leid erspart. Und was lernen wir daraus? Ein neuer Mann im Haus kann das Leben absolut verändern. Wer weiß das gerade besser als ich?

Und mir schießt Bens Frage durch den Kopf. Was geht eigentlich mit Lukas und mir? Leider irgendwie nichts.

Wir hatten einen so tollen Tag heute. Wir können zusammen reden, schweigen, lachen und haben in vielen Dingen die gleichen Ansichten. Wir lieben beide den dicken Schröder, und selbst beruflich sind wir absolut teamfähig.

Ich mag diesen Mann mit seinem trockenen Humor, seiner Tiefgründigkeit und zurückhaltenden Art. Warum hat er denn aufgegeben, eine neue Liebe zu finden? Ben reichen ja vielleicht seine Betthäschen für eine Nacht, aber Lukas ist doch ganz anders.

Ich muss lachen, als ich an heute Mittag denke. Wie der geile Schröder, dicht gefolgt vom Tisch und dann Lukas, über die Terrasse des Cafés gefegt ist, um seine Herzensdame beglücken zu können. Es war ein Bild für die Götter.

Jetzt liegen die beiden wahrscheinlich vor der Glotze und erholen sich von den Eindrücken. Am Nachmittag waren wir noch im Stadtpark im *Schumachers*, einem sehr schönen Biergarten, ein Bierchen trinken und sind dann gemütlich nach Hause gegangen. Heute hat keiner von uns die Frage gestellt, bei wem wir essen wollen. Lukas hat mich an meiner Wohnungstür verabschiedet und mir einen schönen Abend gewünscht. Das war's. Kurz und schmerzlos. Ich hätte so was von das Bedürfnis gehabt, mit ihm und Schröder nach oben zu gehen, eine DVD zu gucken und später eine Pizza zu bestellen. Die beiden haben mittlerweile einen so hohen Stellenwert in meinem Leben, dass ich mir gar nicht mehr vorstellen kann, ohne die beiden zu sein. Ich habe mich schon so sehr an Lukas gewöhnt, als würde ich ihn schon jahrelang kennen, und Schröder ist eh mein Lottogewinn.

Ja, sie fehlen mir, und ich bin kurz davor, hochzugehen, um Lukas das zu sagen. Mich hält nur die Tatsache, dass Schröder nicht bei mir bleiben sollte, davon ab, zu vermuten, dass Lukas Damenbesuch hat. Allein bei dieser Vorstellung dreht sich mein Magen um.

Da klingelt mein Telefon, und Ben ist dran. »Püppi, brezele dich auf, heute geht es scharf, im *Schumachers* ist Singleparty. Wenn es kacke ist, ziehen wir weiter auf den Kiez, 'ne Runde im Hans-Albers-Eck. Das Wetter ist geil, du hast das Wochenende frei, und somit akzeptiere ich keine Ausrede. Ich bin in einer Dreiviertelstunde da.« Aufgelegt.

Vielleicht gar keine schlechte Idee, so komme ich wenigstens nicht weiter auf blöde Gedanken.

Ben ist sogar mal pünktlich und trudelt kurze Zeit später zusammen mit zwei Kumpels, einer Bekannten und diversen Spirituosen bei mir ein. Wir stoßen auf einen netten Abend an und kommen ins Gespräch. Nach verschiedenen Themen landen wir beim Singledasein und wie man davon loskommt. Katja, das andere Mädel aus unserer Truppe, meint, sie chatte viel und lerne da schon nette Typen kennen. Ben und ich schauen uns an und prusten vor Lachen. Die anderen gucken uns verständnislos an, und ich kläre die Truppe auf.

Was ich damals alles probiert habe. Mit den Singlebörsen war das noch nicht ganz so professionell wie heute. Auch waren die Leute mit der Herausgabe ihrer Fotos noch nicht so flott dabei. Jedenfalls habe ich natürlich auch diese Möglichkeit ausprobiert, um Männer kennenzulernen.

Meine einzige Erfahrung war die beim *Lovechat*. Mann, Mann, da konnte man sich einen Nickname zulegen, also einen Namen, mit dem man unerkannt am Chat teilnehmen konnte. Der Chat war offen. Wenn man sich also registrierte, platzte man sofort in eine öffentliche Unterhaltung. Da stand dann in meinem Fall: *Fitnessmaus hat den Chat betreten.* Dann haben die anderen Chatmitglieder einen begrüßt und ausgefragt, und wer Interesse hatte, konnte mir dann eine private Nachricht schicken. Das taten auch einige. Mein Nickname *Fitnessmaus* brachte wohl die Männerfantasien in Wallung.

Einer war dabei, der schrieb wirklich nett und machte einen super seriösen Eindruck. Wir tauschten unsere privaten Mailadressen aus, um uns direkt zu schreiben. Den wollte ich mir definitiv warmhalten! Sein Nick war *Thomas31*, also wusste ich doch gleich, mit welchem Alter ich es zu tun hatte.

Aber dann kam *Ding Dong 25 cm*. Ich war ja noch recht naiv und Anfängerin, was solche Plattformen anging. Den Namen fand ich schon seltsam, dachte mir aber noch nicht so viel dabei. Doch *Ding Dong* hat nicht lange um den heißen Brei herumgeredet. Er fragte mich direkt, ob sich meine Fitnessqualitäten auch auf den sexuellen Bereich beziehen würden. Na ja, wortwörtlich war es so was wie: *Hey Fitnessmaus, fickst du denn genauso sportlich, wie es sich anhört?* Oder so ähnlich, genau weiß ich es nicht mehr.

Langsam begann ich, Spaß an dieser Art von Kommunikation zu finden – weil man ja schön anonym war, es so absurd war und ich Langeweile hatte. Ich schrieb ihm, ich sei das heißeste Mäuschen, das er je erlebt habe, und guter Sex sei für mich nichts, worüber man spricht, sondern etwas, das man macht. Er fragte sofort, ob wir uns treffen wollen. Mann, der dachte wirklich, ich meinte das ernst! War er nur so blöd, oder funktionierte diese Nummer bei ihm sogar tatsächlich? Vielleicht bekam er auf diese Weise ja öfters eine rum. Das wäre absolut krass, aber man kann ja inzwischen nichts mehr ausschließen. Die Welt ist so was von kaputt.

Also beschloss ich, noch ein bisschen mitzuspielen, bevor ich ihm sagen würde, dass er seine 25 cm-Nudel – jetzt war mir der Nickname jedenfalls klar – so was von in der Hose lassen kann. Ich fragte ihn, ob ich zu ihm kommen könne, aber er lehnte ab, da er Frau und Kinder zu Hause habe. Oh mein Gott! Unglaublich, meine moralische Weltvorstellung hatte wieder einen Nackenschlag bekommen.

Ich fragte dann, wie er es sich gedacht habe, da ich auch einen Partner hätte und ihn nicht zu mir nach Hause einladen könne. Er schrieb zurück, das sei kein Problem. Er sei Handwerker, habe einen Transporter und würde mich morgen in der Mittagspause »einsammeln«. Er kenne da einen Ort am Waldrand, in Nikolausberg bei Göttingen. Da sei er schon oft gewesen.

Ich konnte und wollte es nicht glauben. Um es auf die Spitze zu treiben, verabredete ich mich mit ihm in einem Einkaufszentrum in Weende, einem Stadtteil von Göttingen. In der Eingangshalle gab es verschiedene Läden und auch einen Geldautomaten. Vom Bäcker gegenüber hatte man eine gute Sicht darauf. Wir verabredeten uns dort für den nächsten Tag um 13 Uhr.

Wir hatten uns keine zehn Minuten geschrieben, nur ein paar Sätze. Er fragte nicht nach meinem Aussehen, einem Foto oder irgendwas – und schwups, schon hatte ich ein Date für eine schnelle Nummer im Lieferwagen. Das gab es doch nicht wirklich. Ich konnte mir nicht vorstellen, dass das funktioniert. Doch so professionell, wie der das abzog, musste das schon tausendmal geklappt haben. Dass ich so schnell eingewilligt habe, hat ihn gar nicht überrascht.

Auf jeden Fall war eines klar: Ich musste am nächsten Tag dorthin, um zu gucken, ob er es ernst meint und erscheint. Ich rief Ben an und fragte, ob er sich das Spektakel mit ansehen wolle, und er tauschte direkt mit einem Kollegen seine Schicht.

Gesagt, getan. Also fuhren wir am nächsten Tag zum Einkaufen und Beobachten. Ich war froh, dass Ben mitgekommen war, so war es unauffälliger und noch lustiger. Er meinte gleich, das könnte er zukünftig auch so machen, wenn es so einfach ist, eine Frau zum Pimpern für die Mittagspause zu finden.

Ich war super aufgeregt, da ich immer noch nicht glauben konnte, dass dieser geile Bock tatsächlich kommen würde. Mittlerweile hatte ich eine Wette mit Ben laufen, und wer verlor, musste den Kaffee zahlen. Ben meinte, dass *Ding Dong* sich den Spaß nicht entgehen lassen würde, aber ich hielt definitiv dagegen. Bestimmt hatte mich der Typ genauso verarscht und stand wahrscheinlich entweder neben uns am Tisch oder drüben beim Blumenladen, der auch eine gute Sicht auf den Geldautomaten bot, und beobachtete die Situation aus dem gleichen Grund wie wir.

Himmel, zu dem Zeitpunkt dachte ich, ich kann nie wieder an einen Geldautomaten gehen, ohne Herzklopfen zu bekommen.

Es war fünf vor eins, und es wurde spannend. Ich scannte die ganze Zeit alle Gänge und Türen ab und versuchte dabei natürlich, total unauffällig auszusehen. Die Chance, dass der Riesenschwanz irgendwo stand und genau das Gleiche tat, war dann doch recht groß. Aber ich hatte ja Ben dabei, und daher konnte ich ihm eigentlich gar nicht auffallen. Er rechnete ja mit einer notgeilen Frau, die sicher nicht ihren Partner mitbringt.

Dreizehn Uhr, es war so weit. Die Eingangstür des Einkaufszentrums ging auf, und eine Mutter mit ihren beiden Kindern betrat den Laden. Die drei konnten nicht zu ihm gehören, es sei denn, der Typ war so dreist, dass er seine Familie zum Einkaufen fährt, eine Chatbekanntschaft im Lieferwagen vögelt und die Süßen dann wieder abholt, als wäre nichts gewesen. Nein, die Welt ist böse, aber so böse nun auch nicht.

Doch dort stand er, das glaubte ich zumindest. Ein Typ im Blaumann, mit strähnigen Haaren, hinten lang, obendrauf eher nicht so. Aber nicht vokuhilamäßig, sondern oben eben dünner und wenig, und nach hinten holte er alles raus. Der Typ war ja wohl die absolute Frechheit, denn er kam echt direkt vom Bau. Farbe auf den Schuhen, den Parka über der dreckigen Hose, und wie ich zu erkennen glaubte, auch noch mit Farbe an den Händen. Dachte der echt, dass ich so mit ihm eine Nummer in seinem Lieferwagen schiebe? Davon abgesehen, dass die Situation ohnehin total suspekt und unrealistisch für mich war, fühlte ich mich echt beleidigt! Es gab also tatsächlich Männer, die sich so wenig Mühe gaben, eine Frau ins Bett zu kriegen – und das anscheinend mit Erfolg.

Wie oft klappt denn bitteschön so eine Nummer? Der Typ machte das doch nicht zum ersten Mal! Der hat Frau und Kinder zu Hause und kommt dreckig und verschwitzt in einen Einkaufsmarkt, um dort eine Frau, mit der er gerade mal fünf Sätze geschrieben hat, zum schnellen Nümmerchen im Wald abzuholen. Außerdem hatten wir ja Herbst, es war also arschkalt, und so eine Nummer im Lieferwagen stellte dann schon eine Herausforderung dar. Wahrscheinlich decken sich die Hauptakteure dann mit Glaswolle zu, die er immer im Wagen hat.

Aber bei solchen für mich moralisch perversen Sexgelüsten wundert es mich auch nicht, dass es Pornos mit Frauen Ü 70 gibt und – was noch schlimmer ist – junge Männer, die sich so was angucken. Diese Information, auf die ich hätte verzichten können, bekam ich nämlich von Ben umsonst obendrauf. Als hätte ich nicht schon genug Kopfkino gehabt. Erst dachte ich, Ben verarscht mich, aber er meinte, das nenne sich *Grannyporno*. Ein besonders lustiger Titel sei *Fickgeil und nicht totzukriegen*.

»Hör auf«, sagte ich, »so einen Dreck will ich nicht hören. Ich hoffe, dass du das nur vom Hörensagen kennst und nicht heimlich so was guckst.«

Ben lachte nur. »Nein, ich habe doch mal für kurze Zeit in einer Videothek gearbeitet, und da ging so was andauernd über den Tresen.« Halleluja, was für eine Welt!

Ding Dong – oder wie auch immer er hieß – wartete geschlagene dreißig Minuten und konnte wohl nicht glauben, dass das Fitnessmäuschen sein charmantes Bumsangebot ausgeschlagen hat. Ich nahm mir vor, ihm zu sagen, dass es mir einfach zu kalt für eine Nummer im Lieferwagen gewesen sei – nur für den Fall, dass er mich im Chat noch mal anschrieb. Nein, natürlich nicht! Ich würde diesen Chat nie wieder aufrufen und mich dort einloggen, das schwor ich mir.

Nach diesem Erlebnis war ich mir gar nicht mehr sicher, ob ich mit diesem *Thomas31* überhaupt noch weiter mailen wollte. Aber der hatte ja nun meine private Mailadresse. Um es kurz zu machen: Wir schrieben uns zwei Wochen lang Tag und Nacht, ich war tatsächlich etwas verknallt, und wir waren kurz davor, ein Treffen zu organisieren. Da er aber aus München kam, was ja nun nicht gerade um die Ecke war, mussten wir uns noch etwas gedulden. Ich bestand dann auf einem Foto, weil ich es nicht mehr aushielt, und wurde tief enttäuscht. So viel zum Thema »der Charakter formt das Gesicht«. Dieser Mann war herzlich, höflich, liebenswert, sinnlich, intelligent und wirklich der Hit – charakterlich! Das Foto war dagegen die absolute Hölle. Geschätzte hundert Kilo Übergewicht, der Zahnstein versaute leider sein nettes Lächeln, das er wirklich hatte, aber auch die Frisur ging einfach gar nicht. Also man kann definitiv sagen, dass zum Verlieben auf gar keinen Fall ein toller Charakter und ein freundschaftlicher Kontakt reichen. Wenn es jemand weiß, dann ich jetzt!

Ich druckte damals das schlimmste Foto aus und zeigte es Anna und Ben. Dieses Bild verbreitet immer gute Laune, und auch wenn ich ein schlechtes Gewissen dabei verspüre, wenn ich mich über den armen Thomas lustig mache, aber die Story und das Foto lassen uns heute noch schmunzeln. Ben hatte es sogar lange an seiner Klotür hängen, bis er nach Hamburg ging – fragt nicht, warum. Ich weiß es auch nicht, aber er meinte, dort gehöre es hin.

Nun ja, das war meine erste und letzte Chaterfahrung. Ben hatte somit die Wette gewonnen und ich wieder Dinge gelernt, die ich nie für möglich gehalten hätte.

Wir lachen alle herzlich über die Geschichte und machen uns dann auf den Weg ins Nachtleben, denn es ist mittlerweile zehn, wir haben ordentlich vorgeglüht, sind gut drauf, und die Singleparty kann beginnen.

Gegen zwei Uhr nachts bin ich total blau. Eigentlich ist es ganz nett. Einige Stunden vorher war ich ja erst mit Lukas und Schröder hier in diesem Lokal, und wir hatten eine so tolle Zeit. Jetzt stehe ich da an der Theke, neben mir Ben mit zwei Mädels im Arm, und die anderen, die mit uns hergekommen sind, kann ich nirgendwo mehr finden. Irgendwie fühle ich mich allein unter diesen ganzen Menschen hier. Nein, nicht allein, sondern einsam. Alkohol macht mich schnell depressiv. Ich bin einfach kein Singletyp, wie ich merke. Ich glaube auch, dass ich Liebeskummer habe.

Ich denke an Oliver. Ob er schon Vater geworden ist? In letzter Zeit dachte ich sogar recht viel, bald täglich an ihn, da der HSV ja eine so schlechte Saison gespielt hat, dass sie fast abgestiegen wären. Aber das Urgestein der Bundesliga blieb einfach unabsteigbar. Trotzdem hörte man in den letzten Monaten an der Supermarktkasse, beim Bäcker oder im Studio nur noch Gespräche über den HSV. Ich dachte dann immer an Oliver, aber absolut ohne Gefühle oder Traurigkeit. Ich bin so was von durch mit ihm und wünsche ihm sogar von Herzen alles Gute. Tatsächlich bin ich ihm sogar dankbar, dass alles so gekommen ist. Wahrscheinlich würde ich heute noch in Göttingen sitzen.

Ben kommt zu mir her, nimmt mich in den Arm und fragt, was los sei, ob es mir nicht gut gehe. Ich antworte, es sei alles gut, denke aber was ganz anderes. Mir geht's kacke, weil ich jetzt weiß, wo mein Liebeskummer herkommt. Nicht Oliver ist daran schuld. Es sind Lukas und Schröder, die ich vermisse.

Kapitel 23

Am nächsten Morgen klingelt es gegen halb elf an meiner Tür. Ich baue das Klingeln in meinen Traum ein, bis ich Lukas' Stimme höre: »Schröder, Frauchen ist nicht da, wir müssen alleine gehen.«
Auf einmal bin ich so was von wach. »Wartet«, schreie ich, »ich habe noch geschlafen!«
Ich komme an einem Spiegel vorbei und denke: Ach du Scheiße, was nun? So darf mich Lukas nicht sehen! Ich mache die Tür auf und renne gleichzeitig ins Bad.
»Mach uns doch bitte einen Kaffee, ich bin gleich so weit«, rufe ich ihm zu, in der Hoffnung, dass er mich nicht entdeckt.
»Alles klar«, sagt er lachend. »Erst mal guten Morgen, Frau Nachbarin.«

Zehn Minuten später betrete ich die Küche. Schröder kommt schwanzwedelnd auf mich zu und schleckt mir über die Hand. Ich gebe ihm einen dicken Kuss auf seine dicke, feuchte Nase, und er niest. Er hasst das.
Hat Lukas vorhin wirklich *Frauchen* gesagt, oder habe ich das nur geträumt? Mein Herz schlägt jetzt so sehr,

dass ich gar nicht weiß, wie ich mich verhalten soll. Ich bin ganz schön durcheinander.

»Hattest du eine lange Nacht?«, fragt Lukas. »Irgendwie siehst du versoffen aus. Versteh mich bitte nicht falsch, schon irgendwie hübsch, so blass und ungeschminkt, aber müde.«

Ungeschminkt ist gut. Ich habe mehr Make-up, Concealer, Puder und Mascara im Gesicht, als Rossmann im Lager stehen hat, aber gut, dass es anscheinend recht natürlich aussieht. Ich erzähle ihm von dem spontanen Trip gestern, und dass ich total vergessen habe, dass wir heute ja zusammen Gassi gehen wollten.

»Na ja, wir waren ja auch nicht verabredet«, meint Lukas, »wir hatten es nur grob festgehalten. Aber wenn du kaputt bist, kannst du natürlich hier bleiben. Ich habe nur gedacht, da das Wetter mitspielt, fahren wir vielleicht mal nach Blankenese und gehen ein bisschen am Elbstrand spazieren. Außerdem ist Flohmarkt am Elbe Einkaufszentrum, und da können wir ja auch mal drüber schlendern. Du magst doch so was, oder?«

Ich muss mich zusammenreißen, um nicht vollkommen durchzudrehen. »Klar, das ist eine super Idee. Ich komme gern mit.«

Ich packe noch ein paar Sachen in meinen Rucksack, damit wir auch Proviant haben, und für Schröder eine Flasche Wasser, eine Schale und eine Decke.

»Du denkst einfach an alles«, stellt Lukas fest und zwinkert mir zu. »Jetzt weiß ich wieder, warum man Frauen braucht.«

Unterwegs reden wir über Gott und die Welt. Alle Themen durch – bis auf Beziehungszeug. Er fragt mich nicht mal, ob ich gestern vielleicht jemanden kennengelernt habe. Entweder will er es gar nicht wissen, weil es ihm vielleicht wehtun würde, oder es interessiert ihn wirklich null.

Als wir ein schönes Plätzchen mit etwas Schatten für Schröder gefunden haben, setzen wir uns und genießen die Aussicht. Ein Riesenteil von einem Schiff fährt recht nah an uns vorbei. Die Wellen, die es verursacht, schwappen bis an den Strand.

»Erzähl mir von Oliver«, sagt Lukas plötzlich. »Ben meinte damals nur, dass du einen Neuanfang in Hamburg starten willst, da du gerade eine fiese Trennung hinter dir hast.«

Nachdem ich ihm alles berichtet habe, stimmt er mir zu, dass ich froh sein kann, dass Oliver die Reißleine gezogen hat – auch wenn es arschig von ihm war. In seinen Augen passe ich gut hierher, und ein besseres Frauchen für Schröder hätte er nicht finden können.

Ich gucke auf den schlafenden Hund und bin froh über Lukas' Worte, aber auch sehr traurig, dass ich in seinen Augen nur das *Frauchen* bin. Ich würde so gerne auch einen Platz in seinem Herzen bekommen.

Auf dem Rückweg kommt Schröder mir irgendwie verändert vor. Ich finde ihn recht ruhig und müde. Aber vielleicht liegt es auch nur am Wetter. Obwohl ich dachte, dass Afrikaner das eigentlich abkönnen müssten. Lukas meint jedoch, dass Schröder immer etwas durchhängt, wenn es warm ist.

»Übrigens habe ich mich letzte Woche mal durch die Ernährungsvorschläge für Hunde gearbeitet«, erzähle ich, »und dabei ist mir aufgefallen, dass Schröder mit dem Trockenfutter eigentlich keine gute Ernährung bekommt.«

Lukas lacht. »Und das sagt gerade die, die die ihm zum Frühstück Leberwurstbrote schmiert.«

»Es war Kochschinken und außerdem eine Ausnahme!«, kontere ich. »Aber mal im Ernst, die Hofhunde früher, die immer nur Essensreste bekommen haben, sind komischerweise sehr, sehr alt geworden und waren meistens immer gesund. Die heutigen Hunde sterben immer mehr an Krebs und solchen scheiß Krankheiten. Könnte das nicht vielleicht mit diesem ganzen industriellen Ernährungsmist zusammenhängen? Dein Hund braucht rohes Fleisch. Dann hört er vielleicht auch mal mit der Furzerei auf.«

Lukas schüttelt den Kopf. »So weit kommt es noch. Ich stehe morgens in der Küche, püriere dem Hund Gemüse und schlachte ihm ein Schwein.«

»Schwein ist das einzige Tier, das du nicht roh füttern darfst. Aber ja, ich finde, dass du das für deinen Hund ruhig machen könntest. Ich würde dir auch dabei helfen. Es muss ja auch nicht täglich sein, aber ab und an wäre es schon toll. Man gibt doch zum Beispiel einem Wellensittich auch kein Steak. Ein Hund braucht Fleisch! Außerdem solltest du das Trockenfutter komplett weglassen und lieber Nassfutter geben. Hunde sind nicht dafür gemacht, so viel Wasser zu trinken, das sie aber eigentlich bräuchten, um diese Mengen an Trockenfutter überhaupt verwerten zu können. Und wenn Schröder nicht davon loskommt, dann lass das Trockenfutter bitte wenigstens vorher im Wasser aufquellen.«

Ich beschließe, Lukas die Tage das Buch *Hunde würden länger leben, wenn* ... vorbeizubringen. Es ist von einer Tierärztin geschrieben, die mal die Wahrheit über die Futterindustrie, unsinnige Impfungen, Wurmkuren und unnötige Prophylaxemaßnahmen ans Licht bringt. Wie systematisch die Tiere eigentlich krank gemacht werden, ist echt gruselig.

Während Lukas noch überlegt, erzähle ich einfach weiter. »Wenn ich mal meinen eigenen Hund habe, wird er ernährt, wie ein Hund ernährt werden muss, so wie es die Natur vorgesehen hat. Und ob ich ihn jedes Jahr impfen lasse, weiß ich auch nicht. Die kriegen flüssiges Quecksilber unter die Haut gespritzt, damit die Impfung länger hält. Wenn das nicht krank macht, weiß ich auch nicht. Wann warst du selbst denn das letzte Mal beim Impfen?«

Er zuckt die Schultern. »Vielleicht mit achtzehn.«

»Ach so. Du warst also in deinem Leben zweimal beim Impfen und dein Hund jedes Jahr. Mann, wir Menschen sind schon komisch.«

»Und du bist eine alte Schnatterbacke«, gibt er grinsend zurück. »Du solltest nicht immer nur rumlabern, sondern dir endlich einen eigenen Hund holen. Ausleihen ist nicht das Gleiche, wie selbst Entscheidungen treffen zu müssen.« Er zwinkert mir zu, als wollte er sagen: Komm, Kleine, du hast doch keine Ahnung, aber süß, dass du dir Gedanken machst. Das macht mich irre. Ich hasse es, wenn er mich nicht ernst nimmt.

Eine Weile hängt jeder für sich seinen Gedanken nach. Schließlich bin ich diejenige, die das Gespräch fortsetzt. »Sag mal, die Sommerpause in der Praxis ist doch vom 10. bis 31. Juli, oder?«

»Ja, wieso?«

»Ich überlege, für zwei Wochen nach St. Peter-Ording zu fahren. Meine Eltern wollen erst im August wieder an die Nordsee und haben schon gefragt, ob Ben oder ich dort im Juli Ferien machen möchten. Vielleicht wollt ihr beide ja mitkommen? Für Schröder wäre es doch auch toll. Kilometerlanger Sandstrand und einfach mal raus hier und frische Luft tanken.« Ich bin total aufgeregt, weil ich die Vorstellung so was von toll finde. Das wäre zu schön, um wahr zu sein.

Lukas räuspert sich, und ich frage mich, was jetzt wohl kommt. »Na ja«, sagt er, »eigentlich wollte ich dich fragen, ob du vielleicht in dieser Zeit Schröder mal nehmen könntest, weil ich mit einer guten Bekannten für eine Woche nach Mallorca fliegen möchte. Aber ich finde die Idee klasse und hätte super Lust auf die Nordsee. Wir müssten das dann nur zeitlich planen. Du könntest mit Schröder ja schon mal los, und ich würde dann später nachkommen.«

Ich glaube, ich muss kotzen. Er will mit irgendeiner Trulla – welche von seinen Bumstanten das auch immer ist – eine Woche Vögelurlaub machen und sich danach mit mir davon erholen? Was ist das für eine Scheiße?

Oje, ich darf mir nicht anmerken lassen, wie sehr mich das verletzt.

»Hat es dir die Sprache verschlagen?«, fragt er jetzt auch noch. »Wenn du Schröder nicht nehmen willst, ist das kein Problem, ich habe mich schon nach einer Hundepension umgesehen.«

Jetzt kann ich mich doch nicht mehr zurückhalten. »Du gibst deinen Hund für eine Woche in fremde Hände, um dich in dieser Zeit vergnügen zu können? Was bist du denn für ein Herrchen?« Klar, eigentlich schiebe ich Schröder nur vor, denn ich bin hier die Gekränkte. Ich bin sein Jackpot, und dieser Blödmann rafft das einfach nicht. Ich würde niemals meinen Hund weggeben können. Wo mein Hund nicht mitkann, will ich auch nicht hin. »Und wage es ja nicht, ihn abzugeben. Ich nehme ihn natürlich mit nach St. Peter, solange du weg bist. Du kannst dann nachkommen oder auch warten, bis ich ihn wieder mitbringe.«

Er merkt bestimmt, wie angesäuert ich bin. Aber vermutlich denkt er, dass mich sein Verhalten Schröder gegenüber so traurig macht. Und tatsächlich höre ich ihn sagen: »Das wäre toll. Sobald ich wieder gelandet bin, komme ich direkt zu euch an die Nordsee.«

Kapitel 24

Es ist klar, ich muss mein eigenes Süppchen kochen und wohl oder übel ohne Lukas planen. Schröder immer nur auszuleihen, befriedigt mich nicht wirklich und macht mir ja auch den Abstand zu Lukas nicht leichter.

Wer braucht schon Männer? Die enttäuschen einen doch eh meist nur. Ein echter Partner fürs Leben, der einen immer im Blick hat, treu und dankbar ist, egal was kommt, und bedingungslos mit einem in den Tod gehen würde, ist eben nur ein Hund.

Am Abend sitze ich vor dem Computer und google nach Züchtern. Es ist der Wahnsinn, wie viele Ridgeback-Züchter es gibt. Vor allem wenn man bedenkt, dass ich diese Hunderasse vorher noch nie gesehen hatte. Preislich liegen die zum Teil erstaunlich weit auseinander. Von 300 Euro bis hin zu 2000 Euro ist alles vertreten.

Ich überlege, was ich eigentlich möchte. Soll mein zukünftiger Seelenhund Papiere haben und internationale Champions als Eltern, oder ist mir das egal? Darf er einen Gendefekt haben, zum Beispiel keinen Ridge auf dem Rücken, oder ist mir das wichtig? Soll ich lieber auf der Seite *Ridgeback in Not* nachgucken oder sogar die Tierheime abklappern? Darf man überhaupt noch zum Züchter gehen oder sollte man lieber ein armes Kerlchen aus der Tötungsstation retten? Worauf kommt es mir an? Was muss man alles bedenken, bevor man sich einen Hund anschafft?

Ich beschließe, bei Facebook einen Aufruf zu posten in einer Gruppe, die sich *Rhodesian Ridgeback Fans* nennt. Nach wenigen Minuten schreibt mich auch schon eine Züchterin an, die gerade ihren ersten Wurf erwartet. Sie stammt aus Buchholz in der Nähe von Hamburg. Ich könnte ab der vierten Lebenswoche immer zu Besuch kommen, um von Anfang an eine Bindung zu meinem Hund aufzubauen, und nach zwei bis drei Monaten den Welpen dann abholen.

Die Dame ist mir auf Anhieb voll sympathisch, weil sie in meinen Augen das mit dem Züchten nicht so schrecklich professionell angeht, sondern mit viel Herz. Sie wollte sich und ihrer Hündin dieses Erlebnis einfach mal gönnen und hat einen ganz tollen Deckrüden gefunden mit einem super Charakter und einem sehr hübschen Gesicht. Sie schickt mir den Link über die Verpaarung, ein Foto von beiden Hunden, wo sie herkommen, wo ihre Intention bei dieser Verpaarung lag und so weiter. Alles ganz liebevoll geschrieben.

Und mir ist sofort klar: Wenn es Nachwuchs gibt, dann von diesen Eltern, denn der Papa ist Schröder wie aus dem Gesicht geschnitten. Wahnsinn, wie groß die Ähnlichkeit der beiden ist. Von dieser Verpaarung möchte ich einen Welpen haben!

Ehrlich gesagt bin ich auch total überfordert bei den ganzen Kriterien, Angeboten und was da sonst noch von anderen Züchtern an Nachrichten kommt. Das ist die Hölle. Also bleibe ich bei der Buchholzer Verpaarung. Monika Lux, die Züchterin, nimmt mich in ihre Liste auf. Außerdem passt der Wurftermin Ende August/Anfang September auch super, da ich mir mindestens eine Woche Zeit nehmen möchte und über den Sommer im Studio ohnehin wenig zu tun ist. Und wenn ich in der Praxis bin, muss eben Schröder die Erziehung erst mal übernehmen!

Bald habe ich meinen eigenen Hund, die beste Freundin und Partnerersatz zugleich. Aber in erster Linie werde ich mir endlich meinen Lebenstraum erfüllen. Ich habe also eine Entscheidung getroffen und telefoniere stundenlang mit Frau Lux.

Danach lege ich mich mit Schröder aufs Sofa, kuschle mit ihm und erzähle, dass er bald ein Schwesterchen bekommt. Als ich ihn frage, wie er das findet, gähnt er nur und leckt mir übers Gesicht. Ich schätze, das soll bedeuten, dass das klargeht.

»Schade, dass du nicht sprechen kannst«, sage ich zu ihm.

Und ich habe das Gefühl, dass er mir antworten will: »Das kann ich doch, Frauchen, hör mir einfach zu. Ich sage dir jetzt nämlich, dass ich gern meine Ruhe hätte und schlafen möchte. Ich liebe dich sehr, aber ihr Menschen nervt manchmal mit eurem Geknutsche.«

Lukas hat mir Schröder vorhin runtergebracht, weil ja – immer wieder sonntags – irgendeine »Bekannte« vorbeikommt. Beim letzten Mal ist Schröder wohl mitten beim Sex ins Schlafzimmer geplatzt, hat sich neben das Bett gesetzt und die beiden beobachtet, was die »Bekannte« wohl mächtig gestört hat. Zu guter Letzt hat er Lukas über den Hintern geleckt, da er keine Aufmerksamkeit bekommen hat.

Lukas wollte wohl witzig rüberkommen, als er mir das erzählt hat, aber irgendwie hab ich mittlerweile ein Problem mit Arschleckgeschichten, und besonders in diesem Fall fand ich sie richtig kacke, was ich mir aber natürlich nicht anmerken ließ. Ich lachte so übertrieben bescheuert, dass Lukas mich ansah, als wollte er gleich fragen, was ich für ein Problem hätte.

Die Schauspielerei war leider noch nie so meines. Früher in der Schule durfte ich nur ein einziges Mal an einer Theateraufführung teilnehmen, und da sollte ich eine Spinne spielen. Die Lehrerin meinte, ich hätte die längsten und schönsten Beine von allen, bla, bla, bla. Heute weiß ich, warum. Mein Part war es, in der Ecke zu stehen und bescheuerte Stampfbewegungen zu machen, ich hatte keinen Text und musste ... Ach, lassen wir das, es war peinlich und hätte wirklich von jedem Schimpansen bewerkstelligt werden können. Die Lehrerin hat mich ganz pädagogisch wertvoll verarscht, weil sie zusehen musste, wie sie auch die unfähigen Schüler integriert bekommt. Dass es nicht mit der Schönheit meiner Beine zusammenhing, hätte mir spätestens dann auffallen müssen, als der dicke, introvertierte Olaf und der stotternde Ulrich die anderen Spinnen spielten. Ach egal, ich war naiv und zwölf Jahre alt, da hinterfragt man noch nichts.

Auf jeden Fall heuchelte ich Lukas vor, dass ich seine Story wirklich lustig finde und mir vorstellen kann, wie sich die beiden gefühlt haben. Sie wäre für mich ja auch lustig gewesen, wenn es nicht ausgerechnet Lukas passiert wäre.

Ich musste früher auch mal so eine Erfahrung mit dem Hund eines Lovers machen und kann nachvollziehen, wie ätzend das ist, wenn man beim Sex vom Hund beobachtet wird. Besonders wenn dieser dabei schön neben das Bett kotzt. Ich habe es damals natürlich nicht persönlich genommen, sondern als kleine Magenverstimmung interpretiert. Na ja, vielleicht bin ich ja aber auch im Erwachsenenalter noch die naive Spinne. Denn ich glaube, der Hund fand die Vorstellung einfach zum Kotzen! Auf jeden Fall hatte er Recht, denn die Nummer war wirklich eine der peinlichsten, die ich je erlebt habe, und im Nachhinein vermute ich sogar, dass mir der Hund helfen wollte. Es war ein Gekrampfe in der Kiste. Ich hatte schon gar keinen Bock mehr, weil das Geknutsche und Gefummle mich mega abtörnte. Der Typ war total zittrig und so was von unsicher, das ging gar nicht.

Ich wusste aber auch echt nicht, wie ich aus der Nummer wieder rauskomme, und dachte mir, scheißegal, wir ziehen das durch, und danach melde ich mich einfach nicht mehr. Wir waren eh schon nackt und im Gange, in seiner Nervosität kämpfte er sich ab, überhaupt einen hochzukriegen und diesen dann auch oben zu behalten, sodass ich es jetzt nicht abbrechen wollte. Dann hätte er nie wieder Mut gefunden, eine Frau an- und auszupacken. Ich hatte ja nun auch eine soziale Ader und beschloss, mich für die Frauenwelt zu opfern.

Schließlich rettete uns beide die Kotzaktion des Hundes – ich glaube, er hieß Bruno, eine französische Bulldogge. Wie der Typ hieß, weiß ich allerdings nicht mehr. Wir hörten natürlich sofort auf, kümmerten uns um den Hund, und ich fuhr heim. Ich war ihm so dankbar und werde ihn nie vergessen – den Hund natürlich. Den Typen habe ich ja schon vergessen.

»Ich habe zigmal versucht, Schröder im Wohnzimmer zu lassen, wenn ich Frauenbesuch habe«, holte mich Lukas aus meinen Erinnerungen, »aber dann zerkratzt er immer die Tür und macht tierisch Theater. Besonders wenn das Mädchen dann stöhnt, fängt Schröder an zu jaulen. So ein richtiges Wolfsgeheule, das kannst du dir nicht vorstellen.«

Ich unterbrach ihn. »Bitte keine weiteren Details. Du kannst mir Schröder gerne das nächste Mal bringen, ich freue mich immer sehr über ihn.«

Dieses Angebot nahm er natürlich prompt an. Wahrscheinlich bucht er heute Abend noch einen Flug nach Malle mit dieser Frau, die ich nicht kenne, aber hasse.

Ich sollte vielleicht mal wieder Anna anrufen und fragen, was es bei ihr Neues gibt. Schon vor ewigen Wochen hat Lukas mir mal eine Adresse von einem Spezialisten für Annas Problem gegeben. Der sitzt aber in Freiburg, und es ist total schwer, bei ihm einen Termin zu bekommen. Aber Lukas würde gerne seine Kontakte spielen lassen.

Als ich Anna davon erzählt habe, meinte sie nur: »Freiburg, das ist ja so weit weg.«

Ich konnte mir nicht verkneifen zu antworten: »Alles klar, Göttingen und Northeim sind natürlich die Hochburgen der Medizin. Hat bisher ja auch gut geklappt, deine Therapie.«

»Deinen Sarkasmus kannst du dir sparen. Fühlst du dich denn jetzt als was Besseres, seit du in Hamburg lebst?«

Das war mir dann doch zu blöd. Soll sie doch weiter zu ihrem Wald- und Wiesenarzt gehen, der weiß bestimmt, wie man eine schwanger kriegt. Fachärzte werden im Allgemeinen ja sowieso überbewertet. Halbherzige Therapien, die durch den Hausarzt betreut werden, halte ich für nicht wirklich konsequent. Bravo, Anna. Aber mir soll es echt egal sein.

Ich musste mich sehr zusammenreißen und sagte lediglich: »Gut, melde dich, falls du wirklich bereit bist, das Problem anzugehen. Ansonsten warte ab, entspann dich vielleicht einfach mal, und dann klappt es auch irgendwann.«

Wir verabschiedeten uns und haben seitdem auch nichts mehr voneinander gehört, weder über SMS, WhatsApp oder Facebook noch telefonisch. Schade irgendwie, aber daran sieht man mal wieder, dass die meisten Beziehungen im Leben eh nur Zweckgemeinschaften sind, die während eines bestimmten gemeinsamen Lebensabschnitts existieren. Solange man denselben Weg bestreitet, passt es, aber sobald die Meinungen und Interessen auseinandergehen, trennt sich dieser.

Das ist zum Glück nicht immer so, aber mit zunehmendem Alter verändert sich schon alles. Man hat unheimlich viele Bekannte, aber so dicke Freundinnen wie früher in der Schule, im Sportverein oder so gibt's nicht mehr. Das Leben, die Arbeit, die Interessensgebiete splitten das schon alles sehr auf. Aber es hat auch etwas Gutes. Man hat für bestimmte Lebenslagen seine Ansprechpartner, aber auch nicht mehr diesen Druck, sich täglich hören und wöchentlich sehen zu müssen.

Jeder Mensch hat sein eigenes Leben, seine eigene Familie, Sorgen und Probleme und kann sich oft nicht auch noch um andere kümmern. Und wenn man sich kümmert, wollen die meisten es gar nicht, weil sie sich bevormundet fühlen und ja so erwachsen sind, dass sie alles selbst regeln können. Ein Teufelskreis.

Muttis gehen in Mutter-Kind-Gruppen, Hundeleute tendieren zu Hundegruppen, Singles treffen andere Singles. Jeder Topf findet seinen Deckel, und so soll es auch sein.

Wenn ich mir jetzt meinen eigenen Hund anschaffe, werde ich vielleicht auch schnell Anschluss finden. Allein durch die Hundeschule wird es doch möglich sein, unter Leute zu kommen.

Ich habe mich in den letzten Monaten zu sehr auf die Arbeit fokussiert, das bisschen Zeit am Feierabend mit

Lukas vertrödelt, mich unglücklich verliebt und stehe jetzt irgendwie wieder da wie vor einem halben Jahr.

Es ist wirklich an der Zeit, mal lieber was für mich zu tun, als weiterhin zu hoffen, dass Lukas sich doch noch irgendwann traut, sich wieder zu verlieben. Aber vielleicht ist das ja auch schon mit dieser Kuh passiert, die ihn sonntags gerne besucht. Ich weiß es nicht und bin es leid, mir über Männer immer einen Kopf zu machen.

Kapitel 25

Am Montagmorgen klingelt Lukas mit Brötchen in der Hand. Schröder liegt in meinem Bett und steht nicht mal auf, um sein Herrchen zu begrüßen. Ha, das tut mir irgendwie gut. Das hat Lukas jetzt von seiner Vögelei. Mir persönlich wäre es das nicht wert, wenn ich dadurch die Liebe meines Hundes aufs Spiel setze. Aber gut, ich spiele ja auch im Team Lilly und will einfach nicht, dass Lukas mit dieser Kotzkuh glücklich wird. Denn was hat die, was ich nicht habe?

Ich frage ihn einfach mal nach ihr. »Und Lukas, was ist das da für eine Sache mit deiner Bekannten? Ist es was Ernstes?«

Er schmunzelt. »Ach Lilly, ich habe dir doch schon mal was dazu gesagt. Ich will nichts mit Gefühl. Cora ist nur eine für gewisse Bedürfnisse. Wir kennen uns schon ewig. Sie ist glücklich verheiratet, hat aber leider schlechten Sex zu Hause. Ich habe sie damals als Patientin kennengelernt, und da hat sie sich bei mir ausgeheult. Sie will mehr und vor allem anderen Sex als ihr Mann, aber das ist kein Grund für sie, sich von ihm zu trennen. Sie liebt ihn sehr, menschlich verstehen sie sich super, nur im Bett läuft's halt nicht rund.«

Cora heißt sie also. »Aha«, sage ich, »und du als gewissenhafter, guter und verständnisvoller Gynäkologe hast dich ihres Problems angenommen und Hausbesuche gemacht. Bezahlt das die Krankenkasse, oder ist sie Privatpatientin?«

Lukas lacht laut auf. »Wenn ich es nicht besser wüsste, würde ich denken, du bist eifersüchtig.«

Oje, ich glaube, mir wird heiß und mein Kopf knallrot. Schnell stehe ich auf, um etwas aus dem Kühlschrank zu holen. Erst als ich ihm den Rücken zugekehrt habe, antworte ich: »Ja, ist klar, eifersüchtig auf so 'ne Fickgeschichte – pah, ganz bestimmt nicht. Ich glaube und hoffe noch auf eine glückliche Beziehung, etwas mit Substanz und Aussicht auf Zukunft, obwohl ich auch schlechte Erfahrungen gemacht habe. Aber ich glaube, das Risiko ist überschaubar. Wenn es nicht klappt, dann hat man es probiert und unterm Strich wahrscheinlich mehr glückliche als traurige Tage erlebt. Ich möchte nicht allein bleiben und ab und an mal von irgendeinem Kerl gebumst werden, nur um niemals mehr um jemanden trauern zu müssen. Das ist Bullshit und Betrug an sich selbst und an der Natur, die sich das definitiv anders gedacht hat.«

Ich habe das Gefühl, dass er mir gar nicht richtig zuhört, denn er wirkt recht nachdenklich und abwesend. Erst nach ein paar Minuten meint er: »Ich muss jetzt mit Schröder raus, wir sehen uns dann in der Praxis.«

Alles klar, der ist wohl sauer. Vielleicht denkt er ja mal über sein feiges Verhalten sich selbst gegenüber nach. Wenn er mich nicht will, akzeptiere ich das, aber ein Klosterleben zu führen, nur um nie wieder verletzt zu werden, ist doch Schwachsinn und echt feige.

Erst am nächsten Tag treffe ich Lukas in der Praxis. Er redet nicht viel, behandelt mich aber nicht unfreundlich und fragt, ob wir in der Mittagspause zusammen einen Kaffee trinken können. Ich wundere mich, aber freue mich natürlich und sage zu.

Gegen halb eins sitzen wir bei mir auf der Terrasse, damit Schröder ein bisschen in den Garten kann. Aber er ist absolut kein Gartenhund und liegt lieber bei uns. Er hasst nasses Gras, Regen, Gewitter, das Rascheln von Bäumen, Ästen und alles, was die Natur einem Hund so bietet. Nichts zu machen, Schröder wird in diesem Leben kein echter Hund mehr.

»Lilly«, beginnt Lukas schließlich das Gespräch, »ich habe gestern lange darüber nachgedacht, was du gesagt hast, und ich denke, du hast nicht Unrecht. Ich bin aber irgendwie noch nicht so weit, eine feste Beziehung einzugehen. Irgendwann werde ich aber vielleicht meine Antennen schon noch weiter ausfahren, meine Scheuklappen abnehmen und sehen, was mir das Schicksal vor die Füße wirft.«

Er erzählt mir, dass der Mallorca-Urlaub mit Cora flachfällt, weil die Alibifreundin, die sie organisiert hatte, damit ihr Mann keinen Verdacht schöpft, aus familiären Gründen jetzt selbst nicht wegfahren kann. Somit wäre es zu riskant, dass die in Hamburg rumläuft, während sie eigentlich mit Cora auf Malle sein soll. »Weißt du, ich bin darüber nicht traurig, denn die Vorstellung, mit

Schröder und dir an die Nordsee zu fahren, gefällt mir sowieso viel besser. Würdest du mich denn noch mitnehmen?«

Ich überlege natürlich keine Sekunde lang, tue aber so, als müsste ich es. »Ja, das mache ich gerne«, sage ich dann etwas später. »Ich habe bis zum 15. Juli im Studio noch ein paar Kunden und Kurse, aber danach auch dort zwei Wochen Urlaub. Dann könnten wir mit Schröder direkt losfahren. Ich freue mich schon auf Fischbrötchen und ein Flens.«

Lukas schaut mich erleichtert an. Anscheinend hat er wirklich gedacht, ich will ihn nicht mehr dabeihaben. »Ich freue mich auch sehr.« Er lächelt und wendet sich Schröder zu. »Dicker, wir fahren an die See. Was meinst du dazu?«

Schröder gähnt nur und hüstelt leicht. Bis heute habe ich noch nie gehört, dass ein Hund husten kann, und wundere mich.

Doch Lukas lacht nur. »Du wirst doch wohl nicht krank werden, Freundchen?«

Kapitel 26

»Moin, Moin«, begrüßt man uns freundlich bei *Gosch*, wo wir unser erstes Fischbrötchen bestellen. Nachdem wir das Haus meiner Eltern bezogen, alle Klamotten ausgepackt und die Einkäufe in den Kühlschrank gestellt haben, gehen wir auch gleich on tour.

Jetzt sitzen wir endlich in St. Peter-Ording auf der Promenade, schauen auf die Dünen und die Seebrücke hinunter, genießen die Luft und freuen uns des Lebens. Das Wetter ist herrlich, nicht zu heiß, da der Wind die Luft abkühlt.

Für Schröder habe ich natürlich eine Decke in meinen Rucksack gepackt – wir haben ja gelernt. Er ist darüber auch total dankbar, legt sich direkt darauf und schläft gleich ein. Seit diesem ersten Hüsteln noch in Hamburg ist er irgendwie anders geworden, schlapp, lustlos und traurig in seinem ganzen Wesen. Das ist so ein Gefühl, ich kann es nicht beschreiben. Lukas und ich waren vor dem Urlaub noch in der Tierklinik, um Schröder durchchecken zu lassen. Der Arzt dort meinte, dass er sich wohl erkältet habe. Das komme bei den Ridgies öfter mal vor. Der Hals sei rot, und das Hüsteln ließe das vermuten. Da das Blutbild und Röntgenbild keine Auffälligkeiten zeigen, sollen wir ihm ein paar Tage lang Vanilleeis geben, das kühlt den Rachen. Und dann sollen wir einfach mal abwarten.

Wirklich befriedigt uns das nicht, aber wenn die Werte okay sind, nehmen wir das eben so hin. Eine Erkältung im Sommer kann schon mal vorkommen. Lukas sagt, vor zwei Jahren hätte Schröder das im Winter auch gehabt.

Auf dem Heimweg kommen wir an einer Praxis für Tierheilkunde vorbei, wo ich gerne mal einen Termin für Schröder machen würde. Doch Lukas meint, er selbst sei Schulmediziner und finde eigentlich Heilpraktiker seltsam. Das sei wohl Scharlatanerie, außerdem hätten wir doch jetzt endlich mal Urlaub und sollten unsere Zeit nicht in irgendwelchen Praxen verschwenden.

Doch ich lasse nicht locker. Ich habe das komische Gefühl, dass Schröder irgendetwas fehlt. Das ist so ein Bauchgefühl, das ich gar nicht genau beschreiben kann. Lukas kann ja inzwischen an den Strand gehen, aber ich würde einfach gerne mal mit der Heilpraktikerin sprechen.

Schon am nächsten Tag habe ich mit Schröder einen Termin bei Frau Dr. von Rothe. Lukas ist nach Ording an den Strand, um sich nach einem Kitesurfkurs für Anfänger zu erkundigen.

Frau Dr. von Rothe ist sehr nett, keine Ökotante, wie man sich vielleicht denkt. Ich selbst war noch nie bei einer Heilpraktikerin und habe natürlich auch ein paar Vorurteile. Besonders wenn man viel mit Schulmedizin zu tun hat, kommen einem diese esoterischen Dinge schon ein wenig unglaubwürdig vor. Kügelchen hier, Kügelchen da, ätherische Öle, seltsame Behandlungsmethoden.

Aber nun bin ich hier. Ich erzähle ihr, dass Schröder angeblich eine Erkältung hat und mit Vanilleeis behandelt werden soll. Aber ich habe so ein inneres Gefühl, dass es etwas anderes ist, dass es ihm einfach nicht gut geht. Er guckt mich anders an, verhält sich anders als sonst. Ich kann das schlecht beschreiben, aber irgendwas bedrückt ihn, und ich glaube nicht, dass es nur ein Husten ist, der ihn so schwächt. Seine Werte sind alle okay, und unser Tierarzt sieht keinen Grund, besorgt zu sein.

Frau Dr. von Rothe macht auch noch mal ein paar allgemeine Untersuchungen und meint ebenfalls, sie könne so nichts feststellen. Schröders Rachen ist weiterhin rot, und er hustet immer noch – und das schon seit über zwei Wochen. Dass das ungewöhnlich ist, sieht auch sie ein. Sie gibt mir kolloidales Silber, eine Art natürliches Antibiotikum und ein angesehenes »Wundermittel« gegen fast alles. Anders als ein Antibiotikum hilft es nicht nur gegen Bakterien, sondern auch gegen Viren und sollte eigentlich schnell wirken. Ich soll es Schröder jetzt im Urlaub täglich mehrfach geben und mal abwarten. Kurz vor unserer Abreise kann ich noch mal vorbeikommen, wenn es nicht besser wird.

Der weitere Urlaub ist wettertechnisch super. St. Peter-Ording hat ja mordsmäßig viel zu bieten. Diese Weite des Strandes ist der absolute Wahnsinn. Auch die Leute sind recht entspannt, was Hunde angeht.

Klar, als Schröder sich die Sandburg eines kleinen Jungen aussucht, um zu markieren, ist die Mutter nicht besonders erfreut, und ich kann die Motzerei absolut verstehen. Aber wenn man sich zigmal entschuldigt, dass es einem leidtut und es in Zukunft nicht mehr passieren wird, muss es dann auch mal gut sein. So wie die rumzickt, hat die nur darauf gewartet, ihren Frust abzulassen. Wie gesagt, dass wir nicht auf den Hund geachtet haben und so was geschehen ist, war echt blöd und unangenehm – auch für uns. Wenn man das aber einsieht und sich mehrfach entschuldigt, dann muss es auch reichen.

Wenn ich im Café sitze und ein Kind mich mit Schokohänden anfasst, höre ich von der Mutter auch maximal ein »Oh, das tut mir leid«. Dann rege ich mich auch nicht so künstlich auf. Ich kann meine Sachen ja waschen, das bringt mich nicht um.

Als wir weitergehen, weil wir gar nicht wissen, was wir noch tun oder sagen sollen, schimpft diese Vorbild-Helikoptermutter aber immer noch. Diese Mütter, die den ganzen Tag um ihre Kinder herumschwirren und sie zwanghaft überbehüten, sind mir ein Rätsel. Solche Kinder werden bestimmt mal Weicheier.

Nun mischt Lukas sich ein und rät ihr, endlich mal runterzukommen. Schröder habe ihr ja nicht ans Bein gepinkelt, sondern nur gegen die beknackte Burg. Sie solle mal ihren Hormonspiegel untersuchen lassen. Und das aus seinem Mund. Ich dachte, ich fasse es nicht.

Wir lachen beide im Weitergehen, Schröder muss die nächsten Meter an die Leine, wir genießen einfach die Weite des Strandes und schenken der seltsamen Mutter keine Aufmerksamkeit mehr.

Verdammt noch mal, was hier an Ridgebacks und Labradoren rumläuft, ist ja nicht mehr normal. Aber eigentlich auch klar, denn lauffreudige und wasserverliebte Hunde kommen hier voll auf ihre Kosten. Leider ist Schröder rassebedingt weder wasserverliebt noch momentan lauffreudig. Sein Husten wird nicht besser, und Lukas freut sich insgeheim, dass er Recht hatte und dieser esoterische Mist nichts bringt. Doch er macht sich natürlich auch Sorgen.

An unserem vorletzten Tag gehe ich noch mal zu »Frau Dr. Esoterik«, um es mit Lukas' Worten auszudrücken, und frage sie, ob sie vielleicht noch einen anderen Tipp für mich hat.

Sie meint, eine gute Bekannte von ihr sei Tierkommunikatorin, und vielleicht würde mir ein Gespräch weiterhelfen, falls ich mit so was überhaupt etwas anfangen kann. Das klingt zwar erst mal absolut verrückt, aber sie kann wirklich mit Tieren sprechen. So versucht zumindest Frau Dr. von Rothe, mich von diesem Talent zu überzeugen. Das sei keine Hexerei, und es könne theoretisch jeder, wenn er sich darauf einlässt und sensibel genug dafür ist. Sie gibt mir die Telefonnummer und sagt, ich bräuchte auch nicht hinzufahren, das könne alles über E-Mail und Telefon geklärt werden.

Leider ist das mit der Tierkommunikation nicht jedermanns Sache, aber bei mir trifft sie einen Nerv, denn ich habe manchmal selbst das Gefühl, Schröders Gedanken zu empfangen. Vielleicht liegt Schröder auch nur etwas auf dem Herzen, das er loswerden will und auf das er durch sein Verhalten aufmerksam machen möchte.

Frau Baumann, die Tierkommunikatorin, verlangt kein Geld für ihre Gespräche, sondern macht das aus reiner Tierliebe, also kann es schon mal keine Abzockgeschichte sein.

Ich bin total überrascht. Gehört habe ich davon schon mal, mich aber nie wirklich damit beschäftigt. Ich hatte ja auch lange kein Tier.

Lukas lacht, als ich ihm später davon erzähle. Doch ich lasse mich davon nicht beirren. Wenn das wirklich klappen würde, wäre das zukünftig meine Religion, an die ich glaube. Die einen glauben an Jesus Christus, die anderen an Allah – und ich an die Tierkommunikation. Den guten Jesus habe ich persönlich auch noch nicht getroffen, aber alle glauben dran. Ist ja irgendwie alles nicht wirklich wissenschaftlich fundiert.

Was haben wir denn zu verlieren? Gar nichts. Wenn es nichts bringt und wir denken, dass die Frau Blödsinn erzählt, sind wir um eine Erfahrung reicher. Aber wenn nur irgendetwas dafür spricht, dass es funktioniert, wird sich unser Leben absolut verändern.

Lukas meint, er finde es so süß, wie sehr ich mich um Schröder kümmere, und meine Naivität sei total liebenswert.

Spätestens jetzt will ich den Blödmann davon überzeugen, dass es funktioniert. Ich werde Frau Baumann sofort anrufen, sobald wir wieder in Hamburg sind.

Kapitel 27

Zurück im Alltag, eingelesen in die Welt der Tierkommunikation, bin ich bereit, Frau Baumann anzurufen. Schröders Zustand hat sich nicht verändert, weder zum Positiven noch zum Negativen. Das Hüsteln ist noch da, aber nicht schlimmer geworden. Sein Wesen, sein Elan ist aber weg. Weitere Untersuchungen beim Tierarzt haben nichts ergeben.

Lukas meint, dass Schröder jetzt einfach ruhiger ist. Er ist jetzt fast fünf Jahre alt und erwachsen und vernünftig geworden.

Doch ich bin mir sicher, das ist es nicht. Da stimmt was nicht.

Als sich Frau Baumann meldet, bin ich aufgeregt wie ein kleines Mädchen. Mein Herz klopft bis zum Hals. Ich berichte ihr, dass ich glaube, dass mein Hund – Schröder ist ja auch irgendwie wie mein eigener Hund – traurig oder krank ist, auch wenn die Schulmedizin sagt, er sei gesund. Es stimmt etwas nicht mit ihm, und sie ist meine letzte Hoffnung, um Klarheit zu bekommen. Ich habe einfach ein seltsames Gefühl in mir, wenn ich ihn beobachte, und würde gerne wissen, wie es ihm geht und ob er mir etwas sagen will.

Ich erzähle ihr mit Absicht nicht mehr als nötig, damit es von Lukas nicht hinterher heißt, sie habe ja eh alles über Schröder gewusst.

Zwischenzeitlich habe ich mich auch schon im Internet über Tierkommunikation informiert. Eigentlich hört sich das total plausibel an, und ich gebe der Sache wirklich eine Chance. Gerne würde ich selbst auch mal so ein Seminar besuchen, denn angeblich kann das jeder lernen.

Frau Baumann will mir natürlich helfen und sagt mir zu, so schnell wie möglich mit Schröder zu »sprechen«. Sie braucht dazu Ruhe und muss sich konzentrieren. Ich soll ihr nur sagen, wie alt Schröder ist und seit wann ich ihn kenne, und ihr ein Foto von ihm mailen. Gesagt, getan.

In den nächsten Tagen bin ich total aufgeregt und beobachte Schröder, so oft es geht. Ob ich es wohl merke, wenn er mit Frau Baumann »redet«?

Lukas und ich arbeiten schon wieder, aber ich kann mich überhaupt nicht konzentrieren. Am Montag klingelt gegen Mittag das Telefon in der Praxis. Sie ist es. Oh Gott, mein Herz klopft wieder.

Lukas geht an mir vorbei und hat wohl an meinem Blick erkannt, wer dran ist. Er macht jetzt nämlich irgendwelche bescheuerten Armbewegungen, reißt die Augen auf und flüstert: »Hui, hui, jetzt wird's spannend.«

Es ist so weit. »Sitzen Sie und haben Sie Ruhe?«, fragt Frau Baumann. Als ich alles bejahe, fängt sie an. Ich merke schon, wie meine Stimme zittert. Bestimmt muss ich gleich anfangen zu weinen, obwohl sie noch gar nichts gesagt hat.

»Es tut mir leid, dass ich Ihnen das sagen muss. Schröder geht es sehr schlecht«, erklärt sie mir. »Er muss Abschied nehmen, da er diese Welt verlassen wird. Er weiß, dass er stirbt und Ihnen damit sehr wehtun wird. Das belastet ihn am meisten. Er liebt Sie nämlich sehr. Es gibt aber auch noch einen Mann, den Schröder sehr liebt. Hat er denn auch ein Herrchen?«

Woher weiß sie das? Ich habe Frau Baumann nie von Lukas erzählt.

Ich kann gar nicht sprechen, weil mir die Tränen übers Gesicht laufen und ich einen fetten Kloß im Hals habe.

Nach einer kurzen Pause spricht sie weiter: »Außerdem wünscht sich Schröder, nicht mehr immer die Treppe hoch und runter zu müssen. Ich kann aber schlecht interpretieren, was er mir damit sagen will. Vielleicht schafft er es ja körperlich nicht mehr. Jedenfalls stellt diese Treppe ein Problem für ihn dar.«

»Ich weiß, was Schröder an der Treppe nicht mag«, antworte ich. »Diese Treppe trennt sein Rudel. Lukas, Schröders Herrchen, und ich wohnen nicht zusammen, aber wir teilen uns quasi den Hund.«

»Ach so, jetzt verstehe ich auch, warum ich immer verschiedene Sofas gesehen habe, als er mir seinen Lieblingsplatz gezeigt hat. Außerdem hat er mir Vanilleeis gezeigt, das er gerne frisst, weil ihm das Trockenfutter beim Schlucken Schmerzen bereitet.«

Ich kann nicht glauben, was sie mir da sagt. Deshalb frage ich noch mal mit bebender Stimme nach: »Er wird also sterben?«

»Ich kann nicht genau sagen, ob er es will oder einfach nur weiß, dass es passieren wird. Aber er hat große Schmerzen. Nicht immer, aber oft, und er fühlt sich so schlapp. Ich soll Ihnen sagen, dass Sie und auch das Herrchen immer alles richtig gemacht haben und dass er Sie beide sehr liebt.«

Ich lege wortlos den Hörer beiseite, renne hoch zu Lukas und klingele Sturm. Als er mir die Tür geöffnet hat, haste ich auf direktem Wege rein zu Schröder. Er liegt auf seinem Sofaplatz und guckt mich mit seinen großen Augen an, als spürte er, dass ich jetzt Bescheid weiß.

Nachdem ich aufgehört habe zu heulen und mich endlich beruhigt habe, erzähle ich Lukas alles.

Er wird richtig wütend. »Die Alte werde ich jetzt mal richtig auf den Pott setzen! Wie kann es überhaupt sein, dass eine intelligente Frau wie du so einen Scheiß glaubt? Ich habe dir gleich gesagt, dass es eine absolute Schwachsinnsidee ist, die zu kontaktieren!«

Obwohl ich am ganzen Körper zittere, versuche ich, Schröder zuliebe ruhig zu antworten. »Ich habe aber auch dieses Gefühl, wenn ich Schröder angucke. Und woher bitte weiß sie so viel über ihn? Vanilleeis, Halsschmerzen, dass es ein Herrchen gibt und Schröder darunter leidet, dass wir in getrennten Wohnungen leben.«

»Das hat ihr bestimmt diese Heilpraktikerin aus St. Peter-Ording gesagt.«

»Ach so. Und von ihr weiß sie also auch, dass du ein rotes und ich ein graues Sofa habe, die beide seine Lieblingsplätze sind? Dass ihm das Trockenfutter im Hals schmerzt? Alles Zufall? Ihr Männer macht es euch immer so einfach!«

Ohne ein weiteres Wort verlasse ich die Wohnung, um noch mal Frau Baumann anzurufen und mich zu entschuldigen, dass ich das Gespräch vorhin einfach so unterbrochen habe.

Zehn Minuten später telefoniere ich wieder mit ihr. Sie reagiert super verständnisvoll. Natürlich hätte sie gerne bessere Nachrichten überbracht, aber das kann sie nicht.

»Wie wird es denn jetzt weitergehen?«, frage ich vorsichtig.

»Das weiß ich nicht. Schröder hat gesagt, dass er uns verlassen muss, aber nicht, wann und wie.«

»Seit knapp einem Monat hüstelt er, doch die Ärzte haben es als Mandelentzündung abgetan. Besser wird es nicht, schlimmer aber auch nicht.«

»Ich kann Ihnen nur den Rat geben, sich jetzt besonders intensiv mit ihm zu beschäftigen. Beobachten Sie Schröder und vertrauen Sie darauf, dass er uns zeigt, wie es weitergeht. Sie können mich gerne wieder anrufen, wenn Sie Fragen haben. Falls der Hund mich kontaktiert, was auch ab und zu vorkommt, melde ich mich bei Ihnen.«

»Danke. Vielen Dank für Ihre Mühe. Möchten Sie denn wirklich nichts dafür haben?« Ich wundere mich, dass es heute so was noch gibt, bin aber auch zu verwirrt, um mir Gedanken darüber zu machen.

»Nein. Ich mache das nicht wegen des Profits, sondern um zu helfen. Wenn Sie aber etwas tun möchten, dann spenden Sie doch etwas an ein Tierheim Ihrer Wahl. Darüber würde ich mich freuen. Aber das überlasse ich Ihnen.«

Ich verabschiede mich von ihr und bin nun wieder mit meinen Gedanken und Sorgen allein.

Kapitel 28

Wenn ich gewusst hätte, was ich damit anrichte, hätte ich niemals bei Frau Baumann angerufen. Hätte sie nicht rausfinden können, dass Schröder seinen Namen scheiße findet oder ab und an einfach gern eine Beinscheibe fressen würde? Oder am besten, dass er sich wünscht, dass Lukas und ich zusammenwohnen? Auf so etwas in der Art hatte ich gehofft. Aber nein, dass dieser unfassbar tolle Hund unglücklich mit seiner Situation ist und sterben wird, wollte ich definitiv nicht erfahren.

In den nächsten Tagen beobachten wir Schröder. Selbst Lukas wird langsam aufmerksamer und sieht ihn ganz anders an. Obwohl er auf die »Alte«, wie er sie immer nennt, schimpft, hat die Botschaft ihn irgendwie verändert.

Frau Lux, die Züchterin aus Buchholz, schreibt fleißig Rundmails an die Interessenten der Welpen, also auch an mich. Sie schickt mir Ultraschallbilder und berichtet über den Gesundheitsstand von Amira, der schwangeren Hundemutti. Der Name bedeutet übrigens *Prinzessin*.

Lukas und ich absolvieren unseren Alltag und kümmern uns weiter intensiv um unseren Schröder, der keine Veränderung erkennen lässt. Was hat die Baumann da bloß angerichtet?

Vielleicht bilde ich mir ja auch wirklich alles nur ein, und der Hund ist einfach lustlos. Mann, wir haben Hochsommer, und diese Tierkommunikationstussi hat sich womöglich zur Aufgabe gemacht, glückliche Menschen zu deprimieren, weil sie vielleicht selbst ein unglücklicher Mensch ist. Pervers, aber das soll es ja geben. Andererseits hat sie auch vieles erzählt, von dem sie nichts wissen konnte, und das ist der Grund für meine Panik. Irgendwas ist dran an der Sache.

Mein Handy klingelt, und ich sehe Lukas' Namen auf dem Display. Ich bin gerade dabei, einen Ernährungsplan für eine sportliche, vegetarische Maus auszuarbeiten. Wie schaffen die Leute das nur, ohne Fleisch auszukommen? Ich beneide die so sehr. So gerne würde ich auch kein Fleisch essen, aber meine Gier ist einfach zu groß.

Aus meinen Gedanken gerissen nehme ich den Anruf an.

»Komm mal bitte nach oben«, sagt Lukas, »ich glaube, Schröder hat hohes Fieber. Und bring ein Thermometer aus der Praxis mit.«

Ich lasse alles stehen und liegen und mache mich sofort auf den Weg. Als ich oben ankomme, wedelt Schröder wie immer mit dem Schwanz und freut sich, ist aber zu schwach, um aufzustehen. Ich berühre ihn am Kopf und an den Ohren. Ja, er glüht richtig. Wir messen die Temperatur: 42 Grad. Oh mein Gott, ab zum Arzt!

Zusammen mit seiner Decke heben wir Schröder hoch und tragen ihn zum Auto.

Erst vierzig Minuten später kommen wir beim Tierarzt an. Eigentlich ist die Praxis gar nicht so weit weg, aber fünf Kilometer in Hamburg sind der Wahnsinn und können bis zu einer Stunde dauern.

Wir können Schröder direkt ins Behandlungszimmer tragen. Dort kommt er erst mal an den Tropf, erhält Flüssigkeit und Medikamente. Der Arzt meint, dass es sicher mit seiner Grippe zu tun hat, die wahrscheinlich schlimmer geworden ist. Er spritzt Schröder ein Antibiotikum, das wir ihm zu Hause weiter geben sollen. Dann wird hoffentlich in den nächsten Tagen auch der Husten aufhören. Seine Blutwerte sind jedenfalls normal.

Zusammen mit Schröder bleibe ich noch im Wartezimmer sitzen, bis das Fieber wieder gesunken ist und er einen etwas fitteren Eindruck macht. Erst dann fahre ich mit ihm nach Hause. Lukas ist schon früher zurück in die Praxis und hat die Anmeldung an diesem Nachmittag selbst übernommen. Wenn es um Schröder geht, wird koordiniert und umorganisiert, darin sind wir uns ohne Worte einig.

Nach zwei Tagen hat Schröder zwar kein Fieber mehr, aber der Husten ist eher schlimmer geworden, was eigentlich durch das Antibiotikum nicht sein dürfte. Auch Lukas ist sich nun sicher, dass hier etwas nicht stimmt.

Schröder geht wieder recht normal mit Gassi, frisst sein Vanilleeis und das Nassfutter, das ich ihm zusammenstelle. Er ist eigentlich ganz gut drauf, und die Fieberattacke ist fast vergessen. Wenn nur dieser Husten nicht wäre. Aber vielleicht war auch einfach das Antibiotikum nicht das Richtige für ihn.

Kapitel 29

Am Nachmittag sind Lukas und ich eigentlich verabredet. Wir wollen zusammen mit Ben und Schröder, den wir ja nicht mehr aus den Augen lassen, im Stadtpark etwas chillen.

Ich gehe zu Lukas hoch, da ich noch Futter für Schröder in den Kühlschrank stellen will, da bekommt mein Leben einen Knick.

Schröder kommt mir entgegen, das Schwänzchen wedelt, und ich freue mich wahnsinnig darüber.

»Hey Dicker«, flüstere ich ihm ins Ohr, »in den nächsten Tagen wird dein Schwesterchen geboren. Wir müssen die Daumen drücken, dass alles gut geht.« Wieder leckt er mir über das Gesicht, als würde ihn das freuen.

Lukas ruft mir aus dem Bad zu, ich solle Schröder schon mal sein Geschirr umlegen. Das machen wir seit seiner Halsgeschichte, da ein Halsband wohl den Hustenreiz verstärkt.

Da bemerke ich es. »Lukas!«, schreie ich, und er kommt sofort angerannt. »Schau dir Schröders Hals an«, sage ich komischerweise sehr ruhig, wahrscheinlich weil ich so fassungslos bin.

Schröder hat im Gewebe am Hals richtig dicke, fette Knoten. Wo kommen die denn plötzlich her? Gestern habe ich doch noch mit ihm auf dem Sofa gelegen und ihn gestreichelt, da hätte ich die Dinger doch bemerken müssen.

Auch Lukas ist kreidebleich geworden. Wir sehen uns an, und uns laufen die Tränen herunter. Wir sind ja nicht total unbefleckt auf diesem Gebiet, und uns ist klar, dass diese Gewebeveränderungen, die sich so blitzartig entwickelt haben, nichts Gutes bedeuten. Wir rufen in der Tierarztpraxis an, und der Arzt meint, wir sollen sofort vorbeikommen.

Schröder macht gar keinen so matten Eindruck, er kann selbst gehen und ist relativ munter.

Als wir in der Praxis angekommen sind, macht der Arzt auch gleich ein Röntgenbild. Er meint, dass er viele Schatten auf der Lunge sehe, würde uns für weitere Untersuchungen aber lieber in die Tierklinik überweisen. Sofort telefoniert er und kündigt uns dort an.

Schröder macht alles selbstverständlich mit, obwohl Untersuchungen beim Tierarzt immer der blanke Horror für ihn waren. Er hatte so eine furchtbare Angst davor, dass es für alle Beteiligten ein regelrechtes Drama darstellte, wenn Schröder kam. Meist musste das komplette Praxisteam inklusive Lukas den Hund festhalten.

Auf dem Weg in die Klinik sprechen weder Lukas noch ich ein einziges Wort. Als wir an der Rezeption einchecken, ist es bereits siebzehn Uhr, und nachdem wir eine Stunde gewartet haben, kommt endlich ein Arzt. Er meint, dass heute leider keiner vom Labor mehr im Hause sei und alle Untersuchungen erst morgen stattfinden könnten. Es handle sich jetzt absolut nur um eine Notfallaufnahme. Aber in Schröders Fall müssten Aufnahmen gemacht und Blut- und Gewebeproben entnommen werden, was er heute absolut nicht mehr leisten könne.

Wir vereinbaren einen Termin für den nächsten Morgen und fahren mit Schröder nach Hause. Wieder redet keiner ein Wort.

Plötzlich stellt sich Schröder mit seinen Vorderpfoten auf die mittlere Armlehne zwischen Lukas und mich und guckt genau wie wir nach vorne durch die Windschutzscheibe, als wollte er gemeinsam mit uns schweigen. Dann leckt er erst Lukas und dann mir übers Gesicht. Will er uns sagen, dass alles gut wird?

Ich fange sofort an zu heulen, und auch Lukas kullern Tränen übers Gesicht.

»Ich würde heute gern bei euch schlafen«, schluchze ich. »Ist das für dich in Ordnung?«

Lukas nickt. »Darüber wäre ich sehr froh. Ich wollte dich das auch schon fragen.«

Zu Hause hole ich mir meine Zahnbürste und einen Schlafanzug und folge den beiden in Lukas' Wohnung. Es ist mittlerweile schon neun. Wir haben noch nichts gegessen, aber auch absolut keinen Hunger. Schröder dagegen frisst seinen Napf leer. Das muss doch ein gutes

Zeichen sein! Ich dachte immer, kranke Hunde fressen nicht.

Ich erinnere Lukas daran, dass wir noch die Termine für morgen in der Praxis absagen müssen. Der Terminkalender ist doch voll. Lukas freut sich, dass ich daran gedacht habe, und fragt, ob ich das übernehmen könne. Ich gehe also noch mal für eine Stunde runter in die Praxis. Den Patientinnen sage ich, dass Lukas sich um einen familiären Notfall kümmern und daher den Termin verschieben müsse. Die einen haben mehr, die anderen weniger Verständnis, abends um zehn noch angerufen zu werden, aber ich finde das besser, als am nächsten Morgen um halb acht vor verschlossener Tür zu stehen.

Danach sage ich auch meine Termine im Studio ab. Der Kursteamleiter meint zwar, wenn ich morgen früh nicht erscheine, bräuchte ich gar nicht mehr zu kommen, ich sei noch in der Probezeit, bla, bla, bla. Und der Grund sei ja wohl ein Witz und nicht mein Ernst. Ein Tierarzttermin sei kein Grund, um seinen Aufgaben nicht nachzukommen. Ich sei doch keine zwölf mehr.

Gut, ich respektiere, dass er das nicht als wichtig empfindet, aber er muss auch respektieren, dass ich morgen nicht den Vorturner geben kann, während es vielleicht um Leben und Tod meines Hundes geht. Und wenn er das Arbeitsverhältnis deswegen kündigt, werde ich damit besser leben können, als morgen nicht mit in der Tierklinik zu sein. Und das sage ich ihm auch.

Später erzähle ich Lukas von dem Telefonat.

»Weißt du, ich verstehe, wenn du lieber arbeiten gehen willst«, meint er. »Ich schaffe das mit Schröder auch alleine. Aber um den Job brauchst du dir keine Sorgen zu machen. Ich habe nichts dagegen, wenn du zukünftig ausschließlich für mich arbeitest. Genug Arbeit habe ich für dich.« Er nimmt mich in den Arm und wir halten einander fest.

Gegen Mitternacht beschließen wir, uns doch hinzulegen, schließlich müssen wir ja am nächsten Tag früh raus. Lukas verzieht sich in sein Schlafzimmer, und ich bin eh schon auf dem Sofa so gut wie eingeschlafen. Nur Schröder hat jetzt ein Problem. Er steht im Flur, schaut sich um und weiß offensichtlich nicht wohin. Wo soll er sich jetzt hinlegen? Erst läuft er zu mir, legt seinen Kopf aufs Sofa und guckt mich an. Dann watschelt er ins Schlafzimmer und macht dasselbe bei Lukas.

Es dauert vielleicht eine halbe Stunde, bis wir gerafft haben, was er uns sagen will.

»Könntest du dir vorstellen, neben mir zu schlafen?«, ruft Lukas mir zu. »Sonst finden wir heute alle keinen Schlaf.«

Ob ich mir das vorstellen kann? Aber so was von. Schröder, du bist mein Bester. Ich danke dir.

So komme ich mal in den Genuss, neben Lukas zu schlafen. Mein Herz klopft, auch wenn der Anlass dafür mehr als besorgniserregend ist.

Als ich mich neben Lukas lege, springt auch Schröder endlich ins Bett und schläft sofort ein. Ich aber bin so aufgeregt und finde keine Ruhe. Da ich keine Decke mit rübergenommen habe und nur halb zugedeckt bin – was im Sommer ja auch meistens ausreicht –, schmiegt sich Lukas an mich heran, nimmt mich in den Arm und deckt mich mit seiner Decke zu. Wir liegen jetzt in Löffelchenstellung beieinander, Schröder zu unseren Füßen. Er röchelt, schläft aber tief. Meine Füße liegen zwar auf ihm drauf, da er nicht der gerade Kleinste ist, und es ist irgendwie scheißeng, doch ich genieße es total. Mit Lukas im Rücken, Schröder zu meinen Füßen und der halben Decke fühle ich mich wie in einem Backofen. Wahrscheinlich werde ich niemals wieder in diese Situation kommen und versuche daher, sie in mich aufzusaugen.

»Gute Nacht, Lilly«, höre ich Lukas hinter mir sagen. »Danke, dass du jetzt bei uns bist.«

Kapitel 30

Um sieben klingelt der Wecker. So beengt und scheiße habe ich lange nicht mehr geschlafen, aber egal. Habe ich überhaupt geschlafen? Keine Ahnung, jetzt zählt nur dieser Tag.

In der Klinik begrüßt uns diesmal eine Ärztin. Ihr erzählen wir wieder alles, und sie tastet Schröders Knoten ab. Ich habe eigentlich das Gefühl, dass die Schwellung etwas zurückgegangen ist. Sie sagt, sie wolle eine Biopsie machen, er solle in die Röhre, und Röntgenaufnahmen brauche sie auch.

Schröder verhält sich recht ruhig – ich tippe mal, dass es sich um eine Angststarre handelt, weshalb er so einen entspannten Eindruck macht. Auf einen Maulkorb könnten wir ruhig verzichten, meint die Ärztin, da er ja so lieb sei. Ich bezweifle das, da Schröder ja früher bei Untersuchungen immer so ängstlich und unsicher war. Doch die Ärztin ist sich sicher, dass alles gut geht.

Lukas geht mit Schröder rein zum Röntgen. Als sie wieder rauskommen, erzählt er mir, dass Schröder dem Röntgenassistenten komplett durch die Hand gebissen habe und dieser jetzt auf dem Weg ins Krankenhaus sei. Na prima, ich habe es der Trulla doch gesagt!

Ich hole Schröder eine Decke aus dem Auto, um es ihm im Wartezimmer kuschelig zu machen. Dort ist die Hölle los. So ein Klinikalltag wäre mir zu viel. Hier herrscht eine solche Hektik. So viele Tiere, weinende Menschen, Leben und Tod unter einem Dach – ich glaube, das würde ich nicht packen.

Wir durchlaufen einige Räume, und Schröder muss viele Untersuchungen über sich ergehen lassen. Ich kann fühlen, welche Angst er hat, wie sehr er die weißen Kittel der Ärzte und den Klinikgeruch hasst. Mir ist, als hörte ich ihn sagen, dass er überall Angst riecht und nur von hier weg und mit uns nach Hause aufs Sofa will.

Als die Untersuchungen zu Ende sind, liegt er mit seinen zerstochenen Beinchen und Ärmchen zusammen mit mir auf der Decke im Wartezimmer. Wir können jetzt nur noch auf die Ergebnisse warten und hoffen, dass alles doch nicht so schlimm ist.

Kapitel 31

Gegen 18.30 Uhr – die offizielle Sprechstunde ist schon vorbei, der letzte Patient ist auch durch – sitzen Schröder, Lukas und ich ganz allein auf unserer Decke im Sprechzimmer und warten auf die behandelnde Ärztin. Als sie hereinkommt, sehe ich schon an ihrem Gesicht, dass sie uns nichts Positives mitzuteilen hat. Mir schießen auch sofort die Tränen in die Augen.

Sie räuspert sich. »Leider habe ich keine guten Nachrichten für Sie. Ihr Hund leidet an einem histiozytären Sarkom, und zwar der disseminierten Form. Das ist eine krankhafte Vermehrung von Histiozyten, oder auch Fresszellen genannt, die sich in verschiedenen Organen austoben. Warum sich diese Zellen so plötzlich und stark vermehren, ist leider noch nicht erforscht. Es kann auch erblich bedingt sein. Bei Ridgebacks ist das sehr ungewöhnlich, andere Hunderassen sind eher bekannt dafür, aber Ausnahmen gibt es leider immer wieder. Bei Ihrem Hund ist die Lunge sehr stark betroffen, was den Husten auslöst. Der nächste Schritt wird eine Atemnot sein, und dann wird er ersticken. Diese Tumorart ist leider nicht heilbar und bei Ihrem Hund schon ganz schlimm fortgeschritten.«

Lukas kann gar nicht reden, und ich frage sie unter Tränen: »Was heißt das? Wie lange geben Sie ihm noch?«

»Ich glaube, dass er die nächsten zwei Wochen nicht übersteht und wir ihm bis dahin auch nur durch Cortison die Schmerzen erträglich machen können.«

»Kann es dann sein, dass er uns in den nächsten Tagen oder vielleicht sogar schon heute Nacht zu Hause erstickt?«

Sie nickt. »Das ist sehr gut möglich. Die Lymphknoten haben sich ja dermaßen rasch vergrößert, das geht jetzt schnell.«

Mein Kopf zerspringt beinahe. Das kann doch nicht wahr sein. Reißt sie uns wirklich gerade den Boden unter den Füßen weg?

Sie legt mir die Hand auf den Arm. »Ich lasse Sie jetzt einen Moment allein, damit Sie sich besprechen können.«

Ich muss erst einmal ein paarmal schlucken, dann frage ich: »Sollen wir uns nun entscheiden, ihn direkt jetzt oder erst später einschläfern zu lassen?«

Sie nickt.

Als sie das Sprechzimmer verlassen hat, gucke ich auf den immer noch schlafenden Schröder und auf Lukas, der weinend neben ihm sitzt, hinab und kann nicht glauben, dass wir heute vielleicht nicht mehr als Rudel nach Hause fahren.

»Lukas, was sollen wir tun? Wir können doch nicht riskieren, dass er uns zu Hause erbärmlich erstickt.«

Er schluchzt. »Es ist so ungerecht, dass dieser Krebs jetzt schon zum zweiten Mal mein Leben zur Hölle macht. Aber Schröder hat es verdient, in Würde zu sterben. In meinen Augen ist es keine Frage, dass wir das sofort und hier zu Ende bringen.«

Da fällt mir etwas ein. »Ich muss unbedingt noch Frau Baumann anrufen. Sie muss Schröder darauf vorbereiten, was gleich passiert, ihm sagen, dass er keine Angst haben soll und wir ihn so sehr lieben und vermissen werden.«

Doch Lukas reagiert gar nicht mehr.

Ich nehme mein Telefon und wähle die Nummer von Frau Baumann. Hoffentlich bin ich überhaupt in der Lage zu reden, aber sie nimmt nicht ab.

Kapitel 32

Wir besprechen jetzt alles mit der Ärztin. Sie sagt, es sei die absolut richtige Entscheidung. Nicht oft handeln die Besitzer so konsequent zum Wohle des Hundes. Meistens wird noch viel Unsinniges probiert, was den Abschied für die Besitzer hinauszögert, aber für das Tier eine qualvolle Zeit bedeutet. Auch wenn man es nicht wahrhaben will, aber die gemeinsame Zeit mit wundervollen Momenten, Erfahrungen, Erlebnissen, Unternehmungen, geteilter Freude und geteiltem Leid geht irgendwann zu Ende. Doch die tiefe Freundschaft zwischen Mensch und Tier kann einem keiner nehmen. Diese Liebe besteht auch über den Tod hinaus. Die Erinnerung bewahrt man im Herzen, und man sollte dem Tier eine Erlösung von seinen Schmerzen gönnen.

Ich habe gar nicht so viele Taschentücher bei mir, wie ich brauche. Mein Kopf platzt fast vor Druck, und die Worte der Tierärztin geben mir den Rest. Ich kann kaum atmen und habe das Gefühl, vor Schmerz ersticken zu müssen. Wie kann so was einen so unvorbereitet treffen?

Als ich mich wieder einigermaßen gefangen habe, erzähle ich der Ärztin, dass ich bei *hundkatzemaus* einen

Bericht über die Tierbestattung im Rosengarten gesehen habe und mir das für Schröder wünsche. Ich möchte ihn würdevoll verabschieden und ihn da hinbringen, wo er sich wohl gefühlt hat. Zurück zu seinem Rudel, zu uns. Wir buddeln ihn auf keinen Fall in ein dunkles, kaltes Loch. Never! Unser Schröder hat solch eine Angst vor Gewitter, Sturm und Dunkelheit. Außerdem friert er so schnell, will immer unter die Decke und braucht Körperwärme. Er geht ja auch nicht gerne in den Garten und hat dort keinen Lieblingsplatz. Ich möchte ihn kremieren lassen und dann mit nach Hause nehmen. Er gehört zu Lukas, und ich will ihn dort besuchen können.

Sie sagt, dass das kein Problem sei. Schröder wird dann morgen früh von einem Partnerbestattungsunternehmen abgeholt und so lange aufbewahrt, bis er zum *Tierkrematorium Im Rosengarten* überführt und eingeäschert wird. Wir können dort auch dabei sein, ihn noch mal sehen und ihn direkt danach schon mit nach Hause nehmen. Sie will mir nachher eine Informationsbroschüre mitgeben.

Jetzt sitzen wir wieder bei Schröder auf der Decke, und ich habe seinen schweren Kopf auf den Beinen. Er atmet ruhig und ist ganz entspannt von den vielen Medikamenten. Lukas streichelt ihn sanft.

Die Ärztin kommt wieder ins Zimmer. »Sind Sie bereit?«, fragt sie mit sanfter Stimme.

Ich streichle die dicken Knoten an Schröders Hals, die ich ihm am liebsten herausreißen würde. Ich gucke Lukas an und frage, ob es für ihn okay ist, dass Schröder in meinem Schoß liegt, oder ob er ihn halten möchte.

Aber er meint, es sei alles gut so. Er nickt der Ärztin zu. »Es ist das Beste für ihn.«

Ich möchte Schröder erklären, was gleich passiert, ihm sagen, wie sehr er uns fehlen wird und wie doll wir ihn lieben, aber ich bringe keinen Ton heraus. Ich bin wie in Trance. Wenn ich nicht schon sitzen würde, würde ich bestimmt umfallen.

Die junge Tierärztin ist sehr einfühlsam. Man spürt, dass sie tatsächlich mit uns leidet und es für sie noch kein Alltag ist, ein Tier einzuschläfern. Sie erklärt jeden einzelnen Schritt, den sie nun vornimmt, und erzählt uns eine schöne Geschichte, die uns die Situation zwar nicht einfacher macht, aber diese unangenehme Stille und Sterilität des Raumes freundlich, würdevoll und richtig erscheinen lässt.

Um es den Menschen einfacher zu machen, wird in Tierbesitzerkreisen von einer imaginären Brücke gesprochen, die Himmel und Erde verbindet. Diese ist sehr farbenfroh und wird daher *Regenbogenbrücke* genannt. Unser Schröder wird jetzt über diese Brücke an einen wunderschönen Ort, in eine gesunde Welt springen. Dort ist das Gras grün, es gibt zu fressen und zu trinken, und er ist wieder jung und gesund. Er trifft dort alle Tiere, die auch schon die Erde verlassen haben. Sie toben und spielen alle miteinander. Irgendwann werden wir Schröder folgen, und er wird da sein, um uns abzuholen. Der Tag wird kommen, an dem wir ihn wieder in die Arme schließen, ihn küssen und streicheln können. Bis dahin wird es ihm gut gehen, und wir brauchen uns keine Sorgen zu machen. Er wird jetzt aus unserem Alltag verschwinden, aber nie aus unseren Herzen.

»Sie werden ihn wiedersehen!«, bekräftigt sie noch einmal und blickt uns voller Zuversicht in die Augen.

Um 19.50 Uhr schläft Schröder ohne Probleme ganz ruhig und zufrieden ein. Ruhe in Frieden, mein Schatz!

Kapitel 33

Auf dem Heimweg sprechen wir kaum etwas. Schröders Decke liegt auf dem Rücksitz, und ich kann noch gar nicht begreifen, dass er niemals wieder zwischen uns auf der Mittelkonsole stehen und schauen wird, wohin wir fahren.

Was für ein beschissener Tag. Innerhalb von ein paar Stunden verändert sich einfach das ganze Leben. Ich muss dazu sagen, dass ich noch nie eine geliebte Person verloren habe. Familie, Freunde, alle sind noch da. Schröder ist wirklich der erste richtig große Verlust für mich. Nicht zu vergleichen mit Flecki oder dem Berner Sennenhund aus Kindheitstagen. Wie dieses Tier in den letzten Monaten mein Herz erobert hat, war so unglaublich und intensiv.

»Wenn du morgen nicht in die Praxis kommen möchtest, kann ich das verstehen«, sagt Lukas.

Ich schüttle den Kopf. Wenn ich zu viel nachdenke, werde ich noch verrückt.

Daher antworte ich: »Das kommt nicht in Frage. Ich muss jetzt unbedingt schlafen, aber morgen werde ich da sein. Dann werde ich auch das mit dem Krematorium klären und versuchen, den Termin auf ein Wochenende zu legen. Ich wäre gern dabei und möchte ihn persönlich abholen.«

Die Alternative wäre, uns die Asche zuschicken zu lassen. Aber ich kann mir beim besten Willen nicht vorstellen, Schröder von einem DHL-Mitarbeiter an der Haustür übergeben zu bekommen.

Lukas legt seine Hand auf mein Knie. »Danke, dass du dich darum kümmerst, ich wäre wohl nicht in der Lage, über diese Dinge zu sprechen.«

Als wir vor der Haustür stehen, nimmt Lukas mich in den Arm. »Möchtest du vielleicht bei mir übernachten? Schröder hat gestern so entspannt geschlafen, als wir beide da waren. Wir würden ihm damit bestimmt einen Wunsch erfüllen.«

Ich überlege kurz, bevor ich antworte. »Das ist süß von dir, aber versteh mich bitte. Ich werde erst dann wieder bei dir schlafen, wenn du persönlich irgendwann den Wunsch danach hast.« Ich küsse ihn auf die Wange. »Ich muss jetzt duschen und für mich sein.«

Er hält meine Hand und guckt mir tief in die Augen. »Schön, dass es dich gibt, Lilly. Schlaf gut!«

Am nächsten Tag kläre ich die Details der Kremierung ab und telefoniere mit dem Bestattungsinstitut wegen des weiteren Ablaufs. Die Dame am Telefon ist sehr lieb und verständnisvoll. Wenn man sich während des Gesprächs zehnmal die Nase putzt und zwischendurch immer wieder innehält, weil man schlucken und seine Stimme finden muss, braucht der Gegenüber schon Geduld. Aber die haben natürlich täglich mit trauernden

Kunden zu tun und kennen das. Dafür, dass ich meines Wissens noch nie in der Öffentlichkeit geflennt habe, packe ich das recht gut.

Wir besprechen, welche Urne wir haben wollen, wann und in welcher Form die Kremierung stattfinden soll. Ich entscheide mich für eine Einzelkremierung. Ich möchte die Asche natürlich nur von unserem Spatz alleine haben. Den Termin legen wir auf übernächsten Samstag fest.

Wir werden zum Rosengarten fahren, wo Schröder aufgebahrt wird, werden Zeit haben, um uns von ihm zu verabschieden, und dann wird er kremiert. Dann dauert es gute zwei Stunden, bis wir mit ihm nach Hause fahren können. In dieser Zeit können wir den Rosengarten besuchen oder im Aufenthaltsraum einen Tee trinken.

Als ich fertig, bin, gehe ich in die Praxis und hoffe, dass mich niemand auf mein Aussehen anspricht und ich viel erklären muss. Ich mag und kann nicht darüber reden und auch nicht mehr weinen. Ich brauche mal eine Pause.

In den nächsten Tagen schotten Lukas und ich uns von der Außenwelt ab. Wir gehen nur zum Arbeiten in die Praxis, haben unsere Handys ausgeschaltet und die Telefone aus den Steckdosen gezogen. Unser Alltag besteht praktisch nur daraus, dass wir vor dem Fernseher sitzen und Essen beim Lieferservice bestellen. Ich gehe lediglich zum Schlafen runter in meine Wohnung. Wir genießen die Ruhe, trauern vor uns hin und versinken in Selbstmitleid.

Am Abend klingelt es an der Tür. Es ist Ben.

»Was ist denn bei euch los?«, fragt er direkt los, als Lukas ihm öffnet. »Warum meldet sich denn keine Sau zurück – und warum seht ihr überhaupt so beschissen aus?« Dann lächelt er. »Ach so, habt ihr endlich gerafft, dass ihr zueinander gehört, und fickt euch jetzt wund? Das wurde aber auch Zeit. Mensch, Schwesterchen, ein netter Typ mit Hund muss doch wie ein Lottogewinn für dich sein. Apropos, wo ist denn der verrückte Köter?«

Ich fange an zu weinen, und Lukas erzählt ihm alles.

»Ach herrje«, sagt Ben, »schöne Scheiße. Leute, das tut mir echt leid, ich weiß ja, wie sehr ihr an Schröder gehangen habt. Aber jetzt muss echt mal Schluss sein, hier stinkt's wie im Paviankäfig. Fenster auf, ihr zieht euch jetzt an, und wir gehen einen Döner essen. Ihr müsst mal an die Luft, und sich hier zu verkriechen, ändert an der Scheiße auch nichts.«

Irgendwie hat er Recht, mal hinaus an die Luft zu kommen, wäre gar nicht schlecht.

Gesagt, getan. Eine Stunde später sitzen wir am Lattenkamp und essen Hamburgs angeblich besten Döner. Jedenfalls hat der Laden mal so eine Auszeichnung bekommen. Okay, ich kann aber auch nicht sagen, dass ich bisher so viele schlechtere Döner gegessen habe.

Es tut wirklich mal wieder gut, an etwas anderes zu denken und ein paar neue Weibergeschichten von Ben und seinem kranken Frauenhaufen zu hören. Gegen achtzehn Uhr muss er los zu einem Date. Ich wundere mich, dass er vor diesem Hintergrund extra Zwiebeln bestellt hat, doch er winkt ab und meint, das habe noch keine gestört. Ich glaube es einfach nicht, aber in dieser Welt ist alles möglich.

Der Sonntag geht für Lukas und mich mit *Schwiegertochter gesucht* zu Ende. Kandidatin Beate wird von der Mutter des Auserwählten liebevoll als »grottenhässlich« betitelt und nimmt der Schwiegermutter in spe diese Meinung echt übel. Wie nachtragend Frauen aber auch sind. Somit sucht sie weiter nach einem Mann, und ich frage mich, ob ich wohl auch so enden werde, aber mein doch noch leicht vorhandenes Selbstbewusstsein redet mir das aus.

Gegen neun geht Lukas hoch in seine Wohnung. Morgen beginnt eine neue Woche. Für mich bedeutet das ja ab sofort Vollzeit in der Praxis. Ich glaube, ich suche mir auch erst mal kein neues Studio mehr.

Kapitel 34

Der Wochenstart verläuft den Umständen entsprechend ganz okay. Niemand spricht mich auf meine rote Nase und meine verweinten Augen an. Ich habe mich ganz gut abgepudert. Lukas aber wird von zwei Patienten danach gefragt. Doch er löst das ganz gut und sagt, die Gräser seien schuld daran. Er habe Heuschnupfen. Denn ein mitleidvolles »oh, das tut mir leid, ich habe auch schon mal ein Tier verloren, bla, bla« muss nun wirklich nicht sein. Mitleid kann im Moment keiner von uns gebrauchen.

Solange wir abgelenkt sind, geht es. Es fühlt sich noch absolut unwirklich an, dass der Dicke jetzt nicht mehr schwanzwedelnd in der Tür steht, wenn wir die Wohnung betreten.

Wie hält Lukas das nur aus, wenn es mich schon so unsagbar hilflos macht? Der arme Kerl. Er muss mich auch noch trösten, obwohl sein Hund tot ist. Ich muss einfach versuchen, mich mehr zusammenzureißen.

Ich denke zurück an die Situation, als ich Schröder ganz am Anfang Gassi geführt habe – ich rücklings auf dem Boden mit Ausblick auf seine wackelnde Flöte, meine Beine mit den Leopardenleggins in der Luft und der Rock weit hochgerutscht. Ich schmunzle, aber gleichzeitig weine ich. Mann, ich hätte den Köter in diesen Sekunden zum Mond schießen können. Wie sehr habe ich ihn damals für kurze Zeit gehasst.

Ich erinnere mich auch an seinen Blick, als er mich ausgesperrt hatte und es ihn null interessierte, wie ich jetzt wieder reinkam. Jetzt würde ich das alles sofort noch mal mitmachen, wenn ich es doch nur könnte.

Eklig war auch die Nummer, als ich ihm gefühlte zehn Meter Gras aus seinem Hintern ziehen musste, weil er das Zeug beim Kacken nicht losgeworden ist. Er wollte aber auch keinen Zentimeter weitergehen, bevor ich es nicht entfernt hatte. Gut, dass ich noch eine Kacktüte in der Tasche hatte.

Mann, Schröder, du hast dir Dinge geleistet. Ich hätte nie gedacht, dass ich das mal vermissen werde.

Nach Feierabend weiß ich gar nichts mit mir anzufangen. Kein Spaziergang, kein Futter fertig machen, kein geplanter TV-Abend mit Lukas und Schröder.

Ich komme gerade zur Tür rein, da klingelt mein Telefon.

»Hallo Lilly, hier ist Monika Lux aus Buchholz.«

Ich brauche ein paar Sekunden, aber dann weiß ich es wieder. Die Züchterin mit der schwangeren Hündin.

»Hi«, sage ich leise und höre einfach zu, was sie zu erzählen hat.

»Haben Sie denn meine E-Mails nicht gelesen, weil ich gar nichts von Ihnen gehört habe?«

Ich antworte nur, dass ich die letzten Tage verhindert gewesen sei und nicht in mein Postfach geschaut hätte.

»Die Kleinen sind da. Ich habe Ihnen Bilder und eine Dokumentation der Geburt geschickt. Sie sind alle gesund und so knuffig. Es ist eine ganze Fußballmannschaft geworden, sechs Mädels und fünf Rüden. Die Mutter Amira ist wohlauf und macht ihre Sache bisher vorbildlich.«

»Wann wurden sie denn geboren?«, frage ich, damit sie weiterreden muss, da ich selbst nicht wirklich dazu in der Lage bin.

»Der offizielle Wurftag war der 3. September. Am Vorabend gegen zwanzig Uhr kam der erste Welpe, ein Rüde, danach recht schnell zwei Mädels, und so ging es dann die ganze Nacht durch bis in die Früh.«

Jetzt hat sie meine Aufmerksamkeit vollends geweckt. »Also der Erste war ein Rüde und kam am 2. September um zwanzig Uhr?«

»Ja, warten Sie, ich schaue nach. Der erste Rüde kam um 19.53 Uhr, um genau zu sein.«

Sie hat alles genau dokumentiert: Uhrzeit, Gewicht und Halsbandfarbe. Die Daten rauschen mir durch den Kopf. Er ist also drei Minuten nach Schröders Tod geboren. Nennt man so was Schicksal? Wurde Schröder mit einer zweiten Chance wieder gesund auf die Erde geschickt?

»Diesen ersten Rüden muss ich haben. Es kommt kein anderer Hund in Frage«, sage ich bestimmt.

Sie wundert sich zwar, weil ich doch eigentlich eine Hündin wollte, aber dann berichtet sie mir, dass sie den ersten Rüden *Herr Blau* nennt, weil er ein blaues Halsband hat. So kann sie die Hunde für die weiteren Aufzeichnungen auch auseinanderhalten.

»Kann ich diesen Hund bekommen?«, bitte ich sie nun eindringlich.

Ich erzähle ihr, dass Schröders Tod um 19.50 Uhr festgestellt wurde und es vielleicht Schicksal ist, dass er kurz danach wieder gesund und munter auf die Welt gekommen ist. Jetzt fängt auch Frau Lux an zu weinen, ich weine mit, und wir sind uns ohne große Worte einig. Sie verspricht, mir Bilder von ihm zu schicken.

»Wann kann ich ihn denn das erste Mal besuchen?«, will ich wissen.

»Das geht leider frühestens ab der 6. Woche. Dann sind die Welpen impftechnisch so weit, dass sie Menschenkontakt haben dürfen.«

Ich erzähle ihr, dass ich den Hund eigentlich für Lukas haben möchte und ihn damit überraschen werde. Im Moment ist er aber wohl nicht in der Lage, darüber nachzudenken, und würde den kleinen Kerl nur als Ersatz betrachten und ablehnen. Wenn ich dann in zwei Monaten das Gefühl habe, dass er das Schlimmste überwunden hat, werde ich ihm den kleinen Mann vor die Tür setzen und ihm von diesem Zufall erzählen. Entweder ist er dann genauso geflasht wie ich, oder er sagt, dass er keinen Hund mehr haben möchte, dann wird der Kleine eben bei mir einziehen. Wenn Lukas ihn aber in sein Herz schließt und behalten möchte, werde ich mir noch ein Mädel aus demselben Wurf aussuchen, falls die Hunde dann nicht schon alle weg sind.

Ich schaue in den Kalender und lege mit Frau Lux den ersten Besichtigungstermin fest. Die Bilder schickt sie mir auch direkt nach dem Telefonat zu.

Ich bedanke mich und kann nicht glauben, was für ein Zufall das ist.

Kapitel 35

Am Samstag fahren wir dann zum Krematorium. Ich habe mir den Bericht von *hundkatzemaus* noch mal bei YouTube angeguckt und bin darauf gefasst, was jetzt auf uns zukommt. Doch ich hätte niemals gedacht, dass es derart dramatisch und emotional werden würde. Ich glaube, einen würdigeren Abschied gibt es für einen guten Freund nicht. Bestimmt laufen viele Beerdigungen von Menschen liebloser ab.

Um elf kommen Lukas und ich am *Tierkrematorium Im Rosengarten* an. Das Gebäude, das Anwesen, der Garten – einfach ein Traum. Das Wetter spielt mit, und wenn der Anlass nicht so furchtbar gewesen wäre, hätte man glauben können, wir machen einen Ausflug.

Doch es bleibt uns nichts anderes übrig. Wir müssen durch die Tür und werden gleich noch mal unseren Schröder sehen. An der Anmeldung empfängt man uns freundlich und ruhig. Wir werden gefragt, ob wir bis zur Kremierung, also bis zu Einfuhr in den Ofen, bei Schröder bleiben wollen oder ob wir nach dem Abschied gleich in den Wartebereich möchten. Wir sind uns einig, gemeinsam mit ihm seinen letzten Weg zu gehen.

Anschließend werden wir durch einen langen Flur geführt, an dessen Ende das Zimmer liegt, in dem unser Freund aufgebahrt ist. Schon auf dem Weg dorthin fange ich an zu weinen und frage die Frau, die uns begleitet, wie man jeden Tag mit so vielen traurigen Menschen umgehen könne. Das müsse einen doch kaputtmachen.

Sie antwortet nichts, sondern guckt mich nur bemitleidenswert an, als wollte sie sagen: Mädel, quatsch nicht, jetzt wird es noch mal hart für dich.

Und das ist es dann auch tatsächlich. Wir betreten einen liebevoll eingerichteten Raum. Überall brennen Kerzen, und unser Schröder liegt ganz friedlich auf einem großen roten Kissen, als würde er schlafen.

Lukas zieht Schröders abgefressenen Kuschellöwen aus der Tasche, an dem eine Menge Stofffetzen herunterhängen. Früher war das mal ein wirklich praller Löwe, aber Schröder hat ihn innerhalb von Minuten ausgeweidet, und das Innenleben flog in der ganzen Wohnung rum. Lukas legt ihm den Löwen in den Arm, und mir ist, als würde ich ohnmächtig vor Trauer.

Ich habe keine Berührungsängste und streichele und küsse Schröder. Er fühlt sich kühl an, und seine Nase tropft, was die Situation irgendwie unheimlich macht. Das sind wohl Körperflüssigkeiten, die jetzt, als er warm wird, noch austreten.

Er sieht noch aus wie vor elf Tagen, als wir ihn das letzte Mal gesehen haben. Man hätte denken können, er schläft einfach nur. Aber man sieht und fühlt diese fiesen, dicken Knoten am Hals. Beim Streicheln verliert er unheimlich viel Fell, und ich stecke mir ein paar Haare in ein Taschentuch, um sie mir aufzuheben. Vielleicht kann ich mir ein bisschen Fell in ein Medaillon legen und es um den Hals tragen.

Lukas nimmt meine Hand, und wir stehen noch eine Viertelstunde bei Schröder, bis die Dame hereinkommt, um ihn abzuholen.

Wer denkt, dass dies das emotionale Highlight der ganzen Zeremonie gewesen ist, der irrt. Denn jetzt geht es erst richtig los. Ich glaube, mehr kann man sich nicht antun. Schröder wird herausgefahren, wir gehen hinter ihm her über einen Flur und werden gebeten, vor einem mit einer Jalousie verschlossenen Fenster zu warten.

Nach ungefähr zwei Minuten setzt sich die Jalousie in Bewegung, und als das Lied *Somewhere over the Rainbow* erklingt, heulen wir wie Schlosshunde. Dieses schöne Lied kann ich seitdem nicht mehr hören, ohne dass mir gleich Tränen in die Augen schießen. Schröder liegt auf der Seite und guckt mit seinem Löwen im Arm genau in unsere Richtung.

Nach einer Weile geht die Tür des Ofens auf, und wir erkennen die Flammen. Schröder sieht im Licht des Feuers wunderschön aus. Auch dann dauert es noch ein wenig. Als wir vor lauter Tränen kaum noch etwas sehen können, zieht das Band – ich nehme an, es ist so eine Art Fließband – unseren Schröder hinein, und er verschwindet samt seinem Löwen in der Hitze.

Dann ist alles vorbei. Wir hören noch das Lied zu Ende und halten uns fest.

Die Abschiedszeremonie ist wirklich ergreifend, aber verdammt schön und wahnsinnig würdevoll. Nun dauert es gute zwei Stunden, bis wir Schröders Asche in den Händen halten können. Wir müssen diese Erfahrung erst mal verdauen und gehen in den Rosengarten.

Dort nimmt Lukas mich in den Arm und küsst mich auf die Stirn. »Danke, dass du mich hierzu überredet hast«, sagt er.

Der Rosengarten ist voll von Karten, Fotos, gemalten Abschiedsbildern, Kuscheltieren und Spielzeugteilchen. Hier wird die Asche der Tiere verstreut, die nach einer Sammelkremierung nicht zurück an die Besitzer gehen oder direkt hier von den Herrchen verstreut werden.

Obwohl an diesem Ort so viel Trauer herrscht, empfinde ich nur Frieden, Fröhlichkeit und Glück. Ich fühle mich hier den Umständen entsprechend sehr wohl.

Unter dem Foto eines ganz süßen, leider sehr jung verstorbenen Labradors lese ich Worte eines unbekannten Autors, die mich sehr berühren:

Wenn die Liebe einen Weg zum Himmel fände und Erinnerungen zu Stufen würden, dann würde ich hinaufsteigen und dich zurückholen, denn die Lücke, die du hinterlassen hast, lässt sich nicht schließen.

Kapitel 36

Am späten Nachmittag sind wir zurück in Hamburg, gehen noch eine Runde durch den Stadtpark und trinken ein Bierchen. Schröders Asche trage ich im Rucksack bei mir – natürlich verplombt und gut verpackt. Wir wollen einen Abschiedsspaziergang mit ihm unternehmen. Dieser Tag war so was von emotional, dass man es jetzt auch gleich noch auf die Spitze treiben kann.

Bei eBay habe ich eine süße, kleine afrikanische Truhe ersteigert, die Schröders zukünftiges Domizil sein soll. In Lukas' Wohnung habe ich schon ein Plätzchen dafür ausgesucht. Hoffentlich wird sie Lukas gefallen, und ich mache mir Gedanken, ob die Truhe überhaupt groß genug ist, denn es ist doch eine ganze Menge Asche geworden, das hatte ich etwas unterschätzt.

Zu Hause angekommen atme ich erleichtert auf, denn die Asche passt super in die Truhe, als wäre sie für Schröder gemacht. Wir legen noch ein Foto von Schröder und uns beiden mit hinein. Das Foto hat Ben geschossen, als wir zusammen im *Café May* waren.

Vom Krematorium haben wir einen bemalten Stein bekommen mit der Aufschrift: *Mit den Flügeln der Zeit fliegt die Traurigkeit davon.* Den legen wir auch noch mit dazu.

Lukas und ich stehen vor der Kommode mit der dekorierten Truhe, zünden ein Teelicht an und weinen noch ein bisschen, aber wir haben beide kaum mehr Tränen in Reserve. Wir haben unseren Schröder jetzt wieder bei uns, und es geht uns schon viel besser.

Plötzlich ist Lukas ganz ruhig, dreht mich zu sich um und nimmt meinen Kopf in seine Hände. Wir blicken uns ganz tief in die Augen. Mein ganzer Körper bebt, und ich hoffe, dass es mehr als Dankbarkeit ist, was er gerade für mich empfindet. Ganz behutsam wischt er mir mit seinen Daumen die Tränen weg. Meine Nase ist vom Weinen völlig verstopft, und so denke ich nur: Oh Gott, wenn er mich jetzt küsst, ersticke ich.

Er tut es dann aber nicht, und einerseits bin ich froh, weil ich ja unbedingt ein Taschentuch brauche, andererseits hätte ich aber so, so, so gerne seine Lippen berührt.

Etwas verlegen blickt er mich an. »Weißt du, Lilly, dass ich Schröder für immer dankbar sein werde? Dieser Hund hat mich zweimal ins Leben zurückgeführt. Ich habe ein so schlechtes Gewissen, dass ich ihm nicht einmal helfen konnte.«

Ich bin mir zwar nicht sicher, was er meint, aber ich möchte die Situation jetzt auch nicht kaputtmachen und sage einfach nichts.

»Dieser Hund hat mir nach dem Tod von Jasmin eine Aufgabe und neuen Lebensmut gegeben. Ich dachte damals, dass das Leben für mich vorbei ist. Schröder trat in meinen Alltag, brauchte und liebte mich und hat mich wirklich am Leben gehalten. Er war immer da und hat emotional für mein Wohl gesorgt. Ich konnte jemanden lieben, ohne ein schlechtes Gewissen Jasmin gegenüber haben zu müssen. Es war ja ›nur‹ ein Hund, der meine Liebe bekam, und ich habe sie nicht betrogen. Mein Leben erhielt wieder einen Sinn.«

Er atmet tief durch, und ich wünsche mir nichts mehr, als dass er weiterspricht. Diesen Gefallen tut er mir dann auch. »Nun hat es dieser Hund sogar geschafft, dass ich eine neue Frau kennen und lieben gelernt habe und wieder einen Schritt weiter bin. Schröder hat dich in mein Leben geholt. Ohne diese gemeinsame haarige Leidenschaft wären wir uns niemals so nahegekommen. Schröder hat es schon lange gewusst, dass wir ein gutes Team sind. Ich hätte dich wahrscheinlich nie wahrgenommen, weil ich es nicht darauf angelegt habe, und ich glaube auch nicht, dass du mich nach der Erfahrung mit Oliver eines Blickes gewürdigt hättest. Schröder wollte das mit uns, und ich hoffe nicht, dass er sich geopfert hat, damit wir uns durch seine Krankheit und seinen Tod endlich so nahekommen. Ohne dieses Schicksal hätten wir es vielleicht nie geschafft. Diese gemeinsame Trauer hat uns beide verbunden. Mann, ich glaube, ich fange jetzt auch mit diesem Esoterikquatsch an. Lilly, ich weiß bis jetzt nicht, ob du überhaupt was für mich empfindest, aber ich weiß nun, dass ich wieder bereit bin zu lieben. Ich bin wieder bereit für etwas Neues und danke Schröder dafür.«

Nun muss ich einfach diese Situation unterbrechen, da ich mich vor Bauchkribbeln und Rührung nicht mehr beherrschen kann. Ich nehme sein Gesicht, blicke ihm noch tiefer in die Augen, falls das überhaupt möglich ist, und küsse ihn. So zärtlich, intensiv und lange, wie ich noch nie in meinem Leben jemanden geküsst habe. Ich bin auch niemals in einer so romantischen, liebevollen Situation gewesen und werde diese Minuten nie vergessen. So was kenne ich nur aus Nicholas Sparks-Verfilmungen.

Dann hebt Lukas mich hoch und trägt mich ins Schlafzimmer. Ernsthaft, es geht einfach nichts über Sex mit Gefühl. So was ist einfach unglaublich! Man kann nicht genug davon bekommen. Wir liegen auf seinem Bett, und Lukas küsst mich ganz zaghaft und vorsichtig. Doch dann wird es recht schnell wilder und leidenschaftlicher. Seit Langem haben wir mal nichts im Kopf außer uns und unsere Lust, und wir vögeln uns im Schlafzimmer die Seele und die Trauer aus dem Leib.

Man muss sagen, so ein Frauenarzt kennt sich doch recht gut aus, was die weibliche Anatomie angeht. Jetzt ist mir klar, warum Cora so oft »gekommen« ist. Das kann sie ab sofort aber so was von knicken, denn Lukas gebe ich so schnell nicht wieder her.

Nach der zweiten Runde schlafen wir eng aneinandergekuschelt ein. Endlich schlafe ich mal wieder eine Nacht durch. Das kann ich wirklich gebrauchen, und ich denke, Lukas ebenso.

Als ich wach werde, riecht jemand an meinem Rücken, und mein erster Gedanke gilt Schröder. Aber es ist Lukas.

»Ich mag deinen Geruch«, flüstert er, küsst und streichelt mich überall, und wir lieben uns wieder. Das ist also der Unterschied zwischen vögeln und lieben. Diesmal ist es kein wildes Gepoppe, sondern wirklich innig mit ganz viel Gefühl. Die Bezeichnung »sich lieben« ist mir jetzt absolut klar. Lukas ist so zärtlich, liebevoll, romantisch und harmoniebedürftig.

Die Nummer danach unter der Dusche ist dann eher grenzwertig. Sex unter der Dusche sieht wahrscheinlich nur im Fernsehen hocherotisch aus. Ich bin nicht so der Fan davon. Es ist rutschig, eng und anatomisch irgendwie schwierig. Aber vielleicht ist es auch mangelnde Übung. Mit Lukas bin ich aber für alles bereit.

Den Sonntag bleiben wir komplett im Bett. »Warum hast du denn so lange gebraucht, um zu wissen, was du willst?«, frage ich Lukas.

Er küsst mich auf die Nasenspitze. »Ich kann es selbst nicht genau sagen. Irgendwie konnte ich nicht einschätzen, ob du Interesse hast. Ich hatte Angst, unsere Freundschaft zu zerstören. Es hätte zu viel zwischen uns kaputtgemacht, falls du überhaupt keinen Bock auf mich gehabt hättest. Du hattest ja gerade eine enttäuschte Beziehung hinter dir und brauchtest vielleicht auch erst mal Zeit für dich. Wahrscheinlich hast du nicht daran gedacht, gleich wieder etwas Neues anzufangen – und dazu noch mit einem Beziehungsstoffel wie mir.

Dass ich Altlasten habe, weißt du ja. Aber ich habe meine Trauerphase nach Jasmins Tod jetzt überwunden und bin offen für dich, also für uns.«

»Und wann warst du dir sicher, dass auch ich mehr für dich empfinde?«

»Als ich dich an Schröders Todestag gefragt habe, ob du bei mir schlafen willst. Du hast geantwortet, du würdest erst wieder bei mir schlafen, wenn das mein eigener Wunsch sei.«

Dann küssen wir uns wieder, und ich würde ihn am liebsten nie wieder loslassen.

Schröder ist also nicht umsonst gestorben. Sein Wunsch, dass wir zu einem richtigen Rudel werden, hat sich erfüllt. Das Schlimmste ist, dass er es nicht mehr miterleben und genießen kann. Schröder hat uns vom ersten Tag an verbunden, und ihm war wahrscheinlich sofort klar, dass wir zusammengehören.

Schade, dass wir Menschen manchmal so kompliziert sind. Wir denken zu viel nach, interpretieren und missverstehen viel zu viel falsch. Das Leben könnte eigentlich so einfach sein. Nicht umsonst heißt es: *Glück ist die Fähigkeit, es zu erkennen.*

Kapitel 37

Im Oktober fahre ich dann endlich nach Buchholz, um mir unser neues Familienmitglied anzugucken. Vor Aufregung kann ich mich schlecht konzentrieren und bin froh, dass die monotone Navistimme mehrfach die Navigationsschritte sagt. Normalerweise nervt mich das immer. Dreimal hintereinander zu erwähnen, dass man jetzt abbiegen muss, geht gar nicht. Besonders wenn man gerade richtig gute Musik hört und diese jedes Mal unterbricht. Aber heute hätte sie es sogar dreimal mehr sagen können. Ich freue mich total auf den Welpen. Noch nie habe ich einen so kleinen Hund live gesehen.

Als ich ihn dann endlich im Arm halte, ist es um mich geschehen. Er kuschelt sich sofort an meinen Hals und schläft. Frau Lux meint, er sei der absolut Faulste von allen und pennt eigentlich nur. Er klettert immer auf einen anderen Welpen drauf oder legt sich darunter. Das sei zwar für Welpen nicht ungewöhnlich, aber Herr Blau sei absolut kuschelbedürftig. Ich schmunzele. Wenn Herr Blau tatsächlich eine Reinkarnation von Schröder ist, so wie ich es mir ja erhoffe, glaube ich das blind.

Herr Blau ist wirklich ein ganz süßer Hund, total weich und knautschig. Am liebsten würde ich ihn Lukas sofort zeigen, aber ich denke, dieser eine Monat Wartezeit tut ihm gut, um noch ein wenig Abstand zu Schröder zu bekommen. So lange werde ich den Mund halten und ihm dann Herrn Blau wirklich mit einem Schleifchen um den Hals vor die Tür setzen. Dann kann er gar nicht mehr Nein sagen.

Mit Frau Lux spreche ich das alles ab. Da Lukas und ich jetzt ein Paar sind, wird Lukas Herrn Blau als neues Rudelmitglied akzeptieren müssen, und somit werde ich auf meine Hündin verzichten. Die Züchterin sieht das auch ein. Es haben ohnehin schon alle Welpen neue Familien gefunden, und es stehen noch genügend auf der Warteliste. Ich bin so froh, dass ich mich nicht zwischen den ganzen süßen Viechern entscheiden muss. Alle Welpen geben sich solche Mühe, mein Herz zu erobern, nur der dicke Herr Blau liegt mit dem Kopf auf dem Rücken seiner Mutter und pennt, als wüsste er, dass er schon versprochen ist und nicht mehr zu schleimen braucht. So gerne würde ich Lukas von ihm erzählen und ihm auch diese Zeit mit dem Welpen gönnen. Ich hoffe aber, dass ich dichthalten kann, denn Lukas braucht einfach noch etwas Zeit.

Leider kann ich mir nicht jede Woche eine Ausrede einfallen lassen, wo ich denn hinfahre. Lukas und ich hocken im Moment nämlich ständig aufeinander. Gut, wir haben ja auch einiges nachzuholen, aber für längere Welpenbesuche muss schon eine Ausrede her.

Heute war es schon echt schwer, mir etwas auszudenken, aber Ben kam mir zur Hilfe. Er holte Lukas ab und ging mit ihm in den Biergarten.

»Mensch, Alter, du brauchst mal wieder einen Männertag«, hat er gemeint. »Die ganze Vögelei macht doch blöd.« Gerade aus Bens Munde klang das irgendwie sinnfrei.

Ich redete Lukas zu, dass er das ruhig machen solle, ich würde gerne mal alleine in die Sauna fahren und abschalten. Es lief also wie geschmiert!

In der nächsten Zeit besuche ich Herrn Blau noch mal, als Lukas in der Uni ist. Jetzt sind es nur noch knapp zwei Wochen, bis wir wieder ein Rudel sind.

Meine Wohnung unten existiert zwar noch, aber eigentlich hänge ich nur noch bei Lukas rum. Wir haben sogar schon überlegt, meine Wohnung zu vermieten. Dann könnte ich zu Lukas nach oben ziehen, denn seine Wohnung ist viel größer.

Bislang ist das zwar noch Zukunftsmusik, doch mit Herrn Blau wird sich das wohl bald ändern.

Übermorgen habe ich Geburtstag, und seit Langem freue ich mich mal wieder darauf. Es ist Freitag, und wir wollen im *Copper House* in der Davidstraße essen und danach auf dem Kiez noch ein wenig feiern gehen.

Ben möchte eine Bekannte mitbringen, mit der er eventuell was Festes ausprobieren will. Ja klar, wer soll das auch glauben? Außerdem wird auch unsere Sprechstundenhilfe Sandra dabei sein.

Ich überlege, dass das auch ein schöner Anlass wäre, um Maja mal einzuladen. Platz haben wir ja nun genug, aber sie hat am Wochenende leider Dienst und wird es nicht schaffen. Sie freut sich aber sehr über meinen Anruf, und wir klönen noch eine Weile über dies und das. Doch was richtig Neues gibt es nicht bei ihr. Wir peilen dann ein Wochenende im Dezember an. Der Weihnachtsmarkt in Hamburg ist ja auch immer einen Besuch wert. Ich freue mich sehr darauf, sie im Winter mal wiederzusehen.

Am Geburtstagsmorgen küsst Lukas mich wach. »Wir müssen jetzt bis um zwölf in die Praxis, dann gehört der Tag uns«, erzählt er mir zwischen zwei Küssen. »Dein Geschenk bekommst du nachher in Ruhe. Ich glaube, ich habe deinen Geschmack getroffen.«

Mann, ich bin gespannt und aufgeregt wie eine Fünfjährige. Er hat mich doch nie nach einem Wunsch gefragt. Woher will er dann meinen Geschmack kennen? Dass man in meinem Alter so kindisch werden kann. Aber man sagt ja, dass der Mensch sich im Alter zurückentwickelt.

Vor einem Heiratsantrag hätte ich jedenfalls keine Angst, den könnte er ruhig raushauen! Aber eine Uhr, schöne Ohrringe oder etwas anderes Persönliches würde ja auch erst mal reichen. So was sind ja eh die Klassiker für die ersten Geburtstage.

Ich habe gute Laune, freue mich auf den Tag und schwebe durch die Praxis. Da summt mein Handy. Oliver ist dran. Nachdem er mir gratuliert hat, will er wissen, ob es mir gut geht.

»Danke, dass du an mich gedacht hast«, antworte ich wirklich erfreut, »aber ich bin gerade auf dem Weg zur

Arbeit und habe leider keine Zeit. Wir telefonieren irgendwann mal in Ruhe. Ich würde ja schon gern wissen, wie du dich beim Windelwechseln so machst.«

»Tja, also, das ist eine lange Geschichte, und die würde ich dir gern erzählen«, meint er nur, »doch dazu brauche ich Zeit, denn es ist inzwischen einiges passiert.«

»Sorry, Olli, die Zeit habe ich jetzt leider nicht. Wir hören voneinander, alles Liebe für dich.« Dann lege ich auf.

Mann, tat das gut. Ich hoffe, dass das mit seinem *Fräulein Rottenmeier* schön in die Hose gegangen ist, er jetzt ordentlich löhnen muss und sich in den Arsch beißt. Obwohl ich ja fairerweise sagen muss, dass ich ihm so was von dankbar bin, dass alles so gekommen ist, sonst hätte ich niemals Lukas und Schröder kennengelernt.

Aber ein bisschen Strafe darf ruhig sein.

Gegen Mittag sehe ich Bens Auto vor der Praxis stehen und wundere mich, was er schon hier macht und wo er sich rumtreibt. Geklingelt hat er nicht, und Lukas ist doch auch noch hier.

Ich beschließe, Lukas zu fragen, ob er weiß, wo Ben ist. Er wirkt verlegen und stottert etwas herum. Da fällt mir ein, dass er mich doch überraschen wollte.

»Ich habe ihm deinen Schlüssel unter die Matte gelegt«, rückt Lukas schließlich heraus. »Er wollte den Tisch decken, schmücken und so.«

»Ja, klar«, sage ich, »erstens werde ich nicht sieben. Und zweitens reden wir wirklich von Ben?« Obwohl, wenn man auf geheimer Mission ist und direkt vor der Haustür parkt, kann das eigentlich nur von Ben kommen.

Ich sortiere noch die letzten Karteikarten ein, und dann geht's ab in meine geschmückte Bude. Lukas meint, ich solle wenigstens überrascht tun, wenn ich Ben gleich sehe.

Natürlich mache ich das. Wenn ich was habe, dann schauspielerisches Talent! Ich muss wieder an meine Glanzrolle mit der Spinne denken und schmunzele mir einen. Okay, auf geht's.

Als ich die Tür aufschließe, höre ich Ben schon fluchen. »Mann, ich dachte, du bist schon stubenrein, du kleine Pottsau! Ladylike ist das aber nicht.«

Jetzt fällt es mir wie Schuppen von den Augen. Da kommt das braune Ding auch schon um die Ecke gesaust. »Bleib hier, Fräulein!«, ruft Ben ihr hinterher, und da hat er mich auch schon entdeckt. Verdutzt sieht er mich an. »Oh, Happy Birthday, Schwesterchen. Die Schleife muss ich ihr jetzt ja nicht mehr umbinden, oder?«

Sie ist wunderschön. Sehr langbeinig und schon ein richtiger Hund, nicht mehr so klein wie Herr Blau. Ich gehe in die Hocke, und sie rennt mir in die Arme.

»Wer bist du denn, du süße Maus?«, frage ich.

»Diese süße Maus hat gerade in die Küche gekackt«, brummt Ben. »Falls du bereits Muttergefühle entwickelt hast, kannst du das ja wegmachen. Ich musste schon würgen.«

Ich grinse ihm zu. »Ach Ben, mein Schatz, wer kann dir diese Bitte schon abschlagen? Und das von einem Typen, der sich für keine Körperöffnung zu schade ist. So ein kleiner Haufen Hundekot, ist das schlimm.«

Er grinst zurück. »Jetzt vergleichst du aber Äpfel mit Birnen. Tja, lustige Idee, die Lukas da hatte, was? Er hat das Vieh hier schon vor zig Monaten ausgesucht. Da war an Schröders Ableben noch nicht mal zu denken.«

Ich kann noch gar nicht realisieren, was hier abläuft. »Scheiße, Ben. Was mache ich denn jetzt mit Herrn Blau?«

Da taucht Lukas hinter Ben auf. Beide starren mich an und fragen wie aus einem Munde: »Wer ist denn Herr Blau?« Oh mein Gott …

»Ich glaube, wir gehen jetzt erst mal mit der Maus hier in den Stadtpark«, sage ich, um noch etwas Zeit zu gewinnen. »Dann erzähle ich es euch.«

Während unseres Spaziergangs berichte ich den beiden von der schicksalsträchtigen Geschichte und meinem Plan mit Herrn Blau. Als ich Kontakt zu der Züchterin aufgenommen habe, ging es zuerst ja um eine Hündin. »Weißt du«, sage ich zu Lukas, »dann haben sich die Umstände aber verändert, und ich konnte niemals diesen Rüden ablehnen. Ich dachte, wenn du noch nicht so weit bist, werde ich mich so lange alleine um ihn kümmern. Obwohl ich mir nicht vorstellen konnte oder eher wollte, dass du Herrn Blau ablehnst.«

Lukas nickt. »Du hast Recht. Ich hätte genauso gehandelt wie du, und ich glaube und hoffe, dass ganz viel von Schröder in Herrn Blau steckt. Ich freue mich schon riesig darauf, ihn kennenzulernen! Doch nun zu dieser Maus hier. Sie heißt übrigens Basihma, das bedeutet *Lachen*.«

Lachen. Was für eine schöne Symbolik. Ich hoffe, dass sie uns oft zum Lachen bringt. Geweint haben wir genug.

Lukas erzählt weiter: »Sie stammt aus einem B-Wurf und hatte diesen Namen schon. Du kannst ihn aber bestimmt noch ändern, wenn er dir nicht gefällt. Doch du stehst ja auf diese afrikanischen Namen. Sie ist jetzt schon vier Monate alt und kein Baby mehr. Da ich sie dir ja zum Geburtstag schenken wollte, ist sie bis jetzt beim Züchter geblieben. Ben hat sie heute Morgen aus Flensburg abgeholt. Als ich sie ausgesucht habe, war Schröder noch mit dabei, da war sie gerade erst sechs Wochen alt. Schröder hat sie sofort ins Herz geschlossen, also habe ich es auch. Sie war die frechste und aufgeweckteste Hündin von allen und hatte die längsten Beine. Ich finde, sie passt wunderbar zu dir.«

»Zu uns«, sage ich und küsse ihn, »zu uns, Lukas. Und ich danke dir von ganzem Herzen!«

Kapitel 38

Es ist so weit, Familienausflug nach Buchholz. Heute wird Herr Blau abgeholt. Er ist der Erste, der die Züchterin verlassen darf, weil wir ja schon einen Hund haben und er daher weiterhin sozialisiert werden kann.

Welpen, die zu Hause keinen tierischen Anschluss haben, sollen eigentlich erst später als mit acht Wochen abgegeben werden, damit sie so lange wie möglich unter Artgenossen sind und viele Erfahrungen machen können. Aber unser Rudel scheint groß genug, sodass wir den verschlafenen Stinker heute schon mitnehmen können, falls er die Zeremonie nicht verpennt.

Der Deckrüde und seine Besitzer werden heute auch zu Besuch sein, und ich freue mich sehr auf den Papa von Herrn Blau, da er unserem Schröder auf den Bildern ja so ähnlich sah.

Als wir mit Basihma im Schlepptau, die alles sichtlich spannend findet, angekommen sind, müssen wir uns erst einmal im Flur desinfizieren. Dann gehen wir in den Garten, wo der ganze Rest versammelt ist. Der Oktober war ja schon ungewöhnlich warm, doch dieser 1. November treibt es wärmetechnisch mit gefühlten dreißig Grad in der Sonne auf die Spitze. Irgendwie passt das alles. Diese ganze Situation ist so unheimlich und außergewöhnlich. Die Hunde haben im Garten ein Planschbecken stehen, wo ich mich am liebsten mit reinlegen würde.

Der Deckrüde Dayo, dessen Name *Freude kommt auf* bedeutet, ist ein wunderschöner, ruhiger und gelassener Rüde. Er hat totale Ähnlichkeit mit Schröder, ist nur etwas kleiner. Wenn Herr Blau später auch so aussieht, hat Dayos Name seinen Zweck erfüllt.

Ich nehme den kleinen blauen Mann, der – wer hätte es geahnt – mal wieder pennt, und überreiche ihn Lukas. Er krabbelt auch gleich ein Stück hoch zu Lukas' Hals und schläft dort seelenruhig weiter. Lukas kullern ein paar Tränen über die Wangen, die aber nur ich sehe. Die anderen sind alle mit Dayo, Basihma und den Welpen beschäftigt.

Frau Lux geht mit einem Tablett Sektgläsern herum und fragt nebenbei: »Haben Sie denn schon einen Namen für Herrn Blau? Ich brauche ihn für die Papiere. Es reicht aber, wenn Sie mir ihn in den nächsten Tagen mitteilen. Da es ein A-Wurf ist, soll es einen Name mit A sein. Doch das ist nur sein offizieller Name, Sie können ihm natürlich einen anderen Rufnamen geben.«

Ich nicke. »Ja, ich habe schon einen Namen für ihn, den er mit Stolz und Würde tragen wird. Ich habe lange gesucht, bin aber so was von fündig geworden.«

Alle gucken mich erwartungsvoll an, doch ich muss erst schlucken und kann gerade nicht sprechen.

In diesem Moment hebt Herr Blau zum ersten Mal den Kopf, guckt zu mir rüber und blickt mir genau in die Augen, als wollte er mir sagen: »Nur Mut, sag allen, wie ich heiße.«

Ich schlucke noch einmal, putze mir die Nase, nehme meinen Sekt und proste in die Runde. »Lukas, ich habe mir herausgenommen, einen Namen auszusuchen. Aber ich glaube, du hättest ihn auch so gewählt, auch wenn er afrikanisch ist. Ich bedanke mich vorher aber bei Ihnen, liebe Monika, für Ihr Verständnis, Ihre Unterstützung und dafür, dass Sie sich in den letzten Wochen um unseren Prinzen gekümmert haben. Auch im Namen von Lukas und Basihma begrüße ich unser neues Rudelmitglied Akuyi: *ein Kind, das geboren wurde, als ein anderes starb.*«

Epilog

»Aaaaaaaaakuuuyiiiiiiiiiiiiii«, höre ich Ben wieder einmal rufen. Es ist Samstagmittag und Zeit für den Stadtpark. Der kleine Herr Blau, dem sein Halsband immer noch passt, kommt um die Ecke geschossen, um seinen Lieblingsonkel zu begrüßen.

Das geht schon die letzten Wochen so. Nicht weil Ben plötzlich das Spazierengehen für sich entdeckt hat, aber er hat gemerkt, dass so ein Welpe ein absoluter Frauenmagnet ist. So leiht er sich unseren Akuyi an jedem freien Wochenende aus. Ob im Stadtpark, Café, Bistro oder Einkaufszentrum – so ein kleiner, flauschiger, tapsiger und schutzbedürftiger Hund plus Bilderbuchmann ist das beste Rezept, um Eindruck bei den Frauen zu schinden.

Und genau diese Tatsache nutzt mein Bruderherz nun vollkommen aus. Lukas und ich sind aber eigentlich ganz froh über unseren Hundesitter, denn zwei Welpen halten einen doch ganz schön auf Trab.

Für Akuyi ist es klasse, denn durch so viele wechselnde Bekanntschaften wird er gut sozialisiert, viel geknuddelt, gestreichelt, bewundert und von Ben dafür mit einem Leckerli verwöhnt. Was für ein Hundeleben.

Auch wenn bei Akuyis Namenswahl die Hoffnung auf Reinkarnation Programm war, wird es nie wieder einen Schröder geben. Lukas hat mir in den letzten Wochen viele Welpengeschichten von unserem Schröder erzählt und mir Fotos gezeigt, die mich an seinem Erwachsenwerden ein wenig Anteil haben ließen. Wir lachen ab und an sogar schon über verschiedene Schröder-Geschichten, weinen aber auch noch sehr viel um ihn. Tatsächlich wird es immer besser, doch vergessen werde ich den kräftigen Kerl niemals.

Akuyi ist ein ganz zarter Hund und wird bestimmt nie so ein Kraftprotz wie Schröder. Lukas meint, er sei ganz anders in seiner Entwicklung. Er spielt sogar gerne mit einem Kuscheltier. Man erwischt ihn kaum ohne seinen Kuschellöwen in der Schnauze. So was war bei Schröder undenkbar.

Durch einen neuen Hund kann man natürlich die plötzliche Lücke im Alltag ersetzen, aber absolut nicht den Charakter. Und mittlerweile bin wirklich froh darüber, denn so soll es sein. Jetzt weiß ich das und finde es wirklich gut, dass es so ist. Trotzdem bin ich froh, auf diesen besonderen Namen für Akuyi gestoßen zu sein, um Schröder dadurch an unserem Rudel teilhaben zu lassen.

Eine Tür geht zu und eine andere auf. Man kann nichts für ewig festhalten und muss immer mit offenen Augen durch die Welt gehen. Nur durch neue Aufgaben und Bedürfnisse lernt man und tritt nicht auf der Stelle. Ein Hund zeigt uns seine Welt, und das Einzige, das alle Hunde gemeinsam haben, ist die innige Treue und ehrliche Liebe zu ihren Herrchen und Frauchen.

Klar, keine Frage, das ist sicher auch bedingt durch die Abhängigkeit des Hundes, aber jeder Hundemensch weiß, was ich meine. Nur die Nicht-Hundemenschen sagen, dass der Hund gar keine Wahl habe und seinen Besitzer respektieren und lieben müsse, um sein Fressen zu bekommen. Ich denke, jeder hat im Leben eine Wahl, und wenn ich meinen Hund schätze und ehre, wird er mir das aufrichtig zurückgeben. Punkt.

Schon das Geschlecht und die verschiedenen Rassen machen jeden einzelnen Hund zu etwas ganz Besonderem. Ein Rassehund ist sicher einfacher zu beurteilen und einzuschätzen, da er genetische Vorgaben hat, die in der Regel den Charakter, gewisse Krankheiten und die Optik bestimmen. Aber verlassen kann man sich nicht immer darauf. Ein gemütlicher Sennenhund kann genauso zum wütenden Wachhund werden, wie ein Ridgeback ein Histiozytäres Sarkom bekommen kann, was eigentlich ganz untypisch für ihn ist. Richtig spannend sind sicher die Mischlinge, denn da lehrt die Zeit, was dieses Wesen an Eigenschaften mit sich bringt.

Wenn es diesen Geburtstermin des kleinen Herrn Blau nicht gegeben hätte, wären wir bestimmt nicht auf die Idee gekommen, so schnell wieder ein Tier in unser Herz zu lassen. Ich bin froh, dass das Schicksal es so gewollt hat, denn wer weiß, wann wir uns wieder dazu durchgerungen hätten. Ein schlechtes Gewissen hätte uns vielleicht gequält, die Angst, einfach einen Hund zu ersetzen. Solche und ähnliche Gedanken hätten uns bestimmt gehemmt.

Aber irgendwie ist das doch alles Bullshit. Niemals ersetzt man einen Hund durch einen anderen. Wir Hundemenschen haben den Auftrag, den Hunden ein liebevolles Zuhause zu schenken. Es gibt so viele Hunde, die ein Heim suchen, und sobald ein Platz frei geworden ist, sollte man diesen auch wieder vergeben. Das heißt ja nicht, dass man den Hund, der einen verlassen hat, vergisst. Im Gegenteil, er hinterlässt eine Riesenlücke.

Die Erinnerung ist ein Fenster, durch das ich dich sehen kann, wann immer ich will.
(Autor unbekannt)

Ich wünsche jedem Hundeliebhaber den Mut, wieder neu anzufangen und keine Angst vor einem erneuten Abschied zu haben. Dieser wird definitiv kommen, doch man muss bedenken, dass im Verhältnis von Trauer und Freude beim Leben mit einem Hund definitiv die gute Zeit überwiegt.

Egal ob man schnell in den Alltag zurückkehrt oder länger um einen Hund trauert, es sollte sich jeder wieder darauf einlassen. Denn was gibt es Schöneres und Ehrlicheres als Rudelliebe?

Danke

Ein Riesendankeschön vorab erst mal meinen lieben Testlesern. Die Rückmeldungen waren enorm wichtig für mich!

Mein besonderer Dank gilt meinem Ehemann, dass er dieses Projekt unterstützt hat, indem er meine Arbeitsstunden in unserem »Treibsel« ohne Murren übernommen hat und ich somit Zeit zum Schreiben hatte. Danke besonders auch dafür, dass er immer ein offenes Ohr für mich hatte (bzw. zumindest so getan hat ☺), wenn ich nicht weiterwusste.

Außerdem bedanke ich mich bei der Tierkommunikatorin Tanja Huttanus (tierkommunikation-versteh-dein-tier@gmx.de), die immer eine Antenne für meine Hunde hat, wenn ich sie brauche. Ebenso danke ich der fantastischen Catherin Seib (www.tierisch-verstehen.de), bei der ich ein Seminar zur Tierkommunikation besucht habe, um mich davon zu überzeugen, dass es diese Art von Kommunikation wirklich gibt. Ich möchte diese Erfahrung nicht missen und jedem Tierliebhaber ans Herz legen, dies zu erleben.

Vielen Dank natürlich auch unserer Züchterin Astrid Fidorra mit Akuyis Mutter Hanna (www.charleenscoventry.com). Toll, dass du uns unseren Akuyi gegeben hast und ihn acht Wochen lang liebevoll betreut hast.

Genauso danke ich Noel und Anna (www.dogpoint-oelde.de). Sie haben immer ein offenes Ohr, und man bekommt dort die weltbesten Fotos, Tipps und Tricks rund um den Hund. Sie sind mittlerweile echte Freunde geworden. Die beiden sind die Besitzer von Akuyis wunderschönen Papa Dayo, der leider nicht mehr unter uns ist. R.I.P.

Klar muss auch mein geliebter Bruder ein paar Zeilen abbekommen, denn er und seine Geschichten erheitern bis heute unseren Alltag, und ich bin froh, dass ich einiges für mein Buch verwenden durfte. Danke dafür!

Auch bedanke ich mich sehr für die tolle Hilfe meiner Lektorin Susanne Jauss (www.jauss-lektorat.de). Sie hat eine ganz prima Arbeit gemacht, mich zur richtigen Zeit gelobt und konstruktiv kritisiert, ohne dass es sich danach angehört hat. Vielen Dank für Ihre Hilfe und die etlichen Tipps, die ich in allen Bereichen benötigt habe.

Außerdem herzlichen Dank meinem Illustrator Nils Baumann für das tolle Cover. Er hat eine meiner Lieblingsszenen aus dem Buch sehr originell, realitätsnah und mit viel Humor umgesetzt.

Zum Schluss möchte ich natürlich meiner Hauptfigur danken, unserem Schröder (05.09.2004-08.12.2010), der viel zu früh gegangen ist. Er hat uns gezeigt, dass ein Leben ohne Hund nur halb so schön und das Rudel dann nicht komplett ist. Schön, dass wir dich erleben, mit dir lachen und weinen durften. Wir werden dich nie vergessen!